野菊花

何峰 著

何峰作品集

记真事，诉真情，做真人！
宁静中，感悟自己的生活、感恩自己的亲人、感思自己的教育！

——何 峰

陕西新华出版传媒集团
三秦出版社

图书在版编目(CIP)数据

野菊花：何峰作品集 / 何峰著. —西安：三秦出版社，2017.9（2024.5重印）
ISBN 978-7-5518-1500-0

Ⅰ.①野… Ⅱ.①何… Ⅲ.①散文集-中国-当代②诗集-中国-当代 Ⅳ.①I217.2

中国版本图书馆 CIP 数据核字(2017)第 123292 号

野菊花：何峰作品集

何峰 著

出版发行	陕西新华出版传媒集团　三秦出版社
社　　址	西安市北大街 147 号
电　　话	(029) 87205121
邮政编码	710003
印　　刷	三河市嵩川印刷有限公司
开　　本	170mm×240mm　1/16
印　　张	14.75
字　　数	240 千字
版　　次	2017 年 9 月第 1 版 2024 年 5 月第 2 次印刷
标准书号	ISBN 978-7-5518-1500-0
定　　价	56.00 元
网　　址	http://www.sqcbs.cn

人生，越努力，越精彩（序）

看了何峰老师的文字，我回想起了我的童年。我小时候的理想是长大了当一名老师，我觉得老师太伟大了，什么都懂，特别是我们小学的老师在黑板上写的粉笔字都很好看，让我很羡慕。没有想到我现在成了一名商人，或者说创业者，因为骨子里的文化情结，造就了现在的我。无论是"旗袍先生"，还是演说家，都是我在表达我的内心世界。

其实，我和何峰老师一样，想通过自己的世界影响这个世界。

小时候的我特别自卑，当别人看着我的时候，我就浑身不自在，脸红到脖子根。我更不敢在众人面前讲话，甚至不敢举手发言，我总觉得别人看我就像看怪物一样。记得四年级的时候，有一次老师叫我背课文，一方面我紧张，一方面那篇文章我背得不熟，不但结巴、口齿不清，而且还尿裤子了！那是冬天，外面屋檐下结着长长的冰柱，冰在融化，水珠在吧嗒吧嗒往下滴。我穿的是厚厚的棉裤，我的尿就那样热乎乎地顺着腿往下流……我回家也不敢告诉妈妈，自己就那样，慢慢把裤子焐干了。

记得小时候，爸爸最担心我两样：一是我不能很好地说话和表达，以后会吃亏吃在嘴上。爸爸非常担心我这一点，他认为，可以说话，而不能很好说话的人一生都会痛苦，比哑巴吃黄连还苦。二就是我身体不好，干不了农活，娶不了媳妇。今后该怎么办？

爸爸做梦也没有想到，今天的我，不仅能说，而且可以站在世界的舞台面对上万人进行演讲，并让全世界几十亿人听到了我的声音。

爸爸做梦也没有想到，今天的我，不仅带领几百人一起创业，还娶了媳妇，而且还成了两个孩子的父亲。我无比爱我的孩子，就像我爸爸爱我一样。

其实，我也做梦都没有想到，小时候的理想，今天突然就实现了。现在很多人都叫我崔老师。有时候，当社会为你贴上某个标签的时候，你的内心除了喜悦，更重要的就是这标签背后的责任。我只是一个做旗袍的创业者，何德何能可以成为老师？

我得对得起"崔老师"这三个字。为此我发起了"少年中国说"，为了能让我们的孩子更好地表达自己的心声，找到自信，就像我一样，就像何峰老师一样，用语言，用文字，用我们的声音，为中国发音，为时代发音。

何峰老师内心充满着大爱，他一直在坚持做公益事业，令我非常感动。关于公益，我想向所有的读者提出我内心的两个看法：一、公益不一定就是捐款捐物，只要我们做的事对这个社会有价值，让更多的人受益，就是公益。比如企业家把企业做好，老师把学生教好；比如何峰老师的文章让你读了之后有很大的感触，让你更加爱身边的人，爱这个世界，这本身就是公益；二、如果我们想更好地帮助他人，首先我们要让自己变得更好。只有自己强大了，你才有可能让更多的人和你一样强大起来；只有自己快乐了，你才有可能让更多的人和你一样快乐起来。

人生，越努力，越精彩。祝福何峰老师！

"旗袍先生""超级演说家" 崔万志
二〇一七年三月十一日于合肥

目 录

报得三春晖

野菊花 …………………………………… (2)
回家 ……………………………………… (7)
鸡蛋 ……………………………………… (10)
带着期盼出发 …………………………… (13)
雪 ………………………………………… (15)
父亲的愿望 ……………………………… (18)
一双运动鞋 ……………………………… (21)

鸳鸯池往事

老家的柿子树 …………………………… (24)
竹缘 ……………………………………… (28)
父亲是个泥瓦匠 ………………………… (36)
小学那段时光 …………………………… (48)
那个不曾忘记的梦想 …………………… (53)
迟到 ……………………………………… (58)

阿长 …………………………………………………… (62)
酸菜香肠 ………………………………………………… (65)

柔肠一寸愁

农民伯伯的故事 ………………………………………… (72)
陪宝宝读书，在静心中感受生活的幸福 …… (76)
给女儿的一封信(写于女儿六周岁生日之际)
　　　……………………………………………………… (78)
生日 ……………………………………………………… (80)
小红 ……………………………………………………… (82)
寻找癞蛤蟆 …………………………………………… (84)
戚哥 ……………………………………………………… (87)

天涯若比邻

我的第一本书 …………………………………………… (92)
对不起 …………………………………………………… (97)
怀念老金 ……………………………………………… (101)
金辉 …………………………………………………… (107)
怀念阿洁 ……………………………………………… (109)
尤老师 ………………………………………………… (113)
杜老师，走好 ………………………………………… (118)

花儿朵朵开

一把勺子＝一块钱？ ………………………………… (122)
一杯热水 ……………………………………………… (126)
感冒药 ………………………………………………… (128)
小娇同学 ……………………………………………… (130)
打开窗户 ……………………………………………… (133)
坐在最后排的那个同学 ……………………………… (140)

一把扇子 …………………………………（142）
一百二十个俯卧撑 ……………………（146）
让微笑在心底常驻 ……………………（152）
被掀翻的桌子 …………………………（159）
你可以更优秀（演讲词）………………（161）
孩子，请给自己一个机会 ……………（163）
那双一百八十块的运动鞋 ……………（168）

小谈古今事

老T …………………………………（172）
四个馒头 ………………………………（177）
老黄 ……………………………………（180）
找个舒坦点儿的姿势翻翻书 …………（184）
皇帝的新装（续）………………………（188）
曹操与诸葛亮 …………………………（194）
粒粒皆辛苦 ……………………………（197）
教学中老师可以适当装装傻 …………（199）
灰太狼怎么了？………………………（201）

采菊东篱下

我的黄河 ………………………………（204）
那个长发女孩 …………………………（206）
折断了翅膀的安琪儿 …………………（208）
春夏秋冬 ………………………………（210）
未完成的使命 …………………………（211）
眺望 ……………………………………（213）
黑熊的遭遇 ……………………………（214）
生活中的幸福 …………………………（216）
 （一）速写 ……………………………（216）

（二）塞翁失马 …………………………………（217）

（三）毒胶囊事件 …………………………………（218）

（四）哄爸爸睡觉 …………………………………（219）

（五）不要告诉他 …………………………………（220）

（六）起床 …………………………………………（221）

（七）给爸爸唱歌 …………………………………（222）

（八）讲故事 ………………………………………（223）

（九）变魔术 ………………………………………（224）

（十）签到 …………………………………………（225）

跋 ………………………………………………………（226）

报得三春晖

野 菊 花

2010-5-31

我不由得停住了脚步。

前面出现的是一望无垠的黄白相间的世界，是谁随意倾倒泼洒在这里的一片花的海洋。花朵虽然高低参差不齐，但花朵与花朵之间似乎已经没有了空隙，密密匝匝、重重叠叠，几乎看不到那本来就很秀气的小小的叶子，甚至连那细细的茎都要被这如此繁茂的花朵所覆盖。每一朵花儿只有一分钱硬币大小，四周白色的花瓣有序地围成一个圈，并向四周苍劲地伸出去。在圈的中心卧躺着黄色的花蕊，稍远一点看，毛茸茸的，泛着轻柔和清香，似乎在向周围的一切昭示着自己生命的势态。再近一点细视，花蕊是由好多片薄薄的、规则的柳叶状的花丝簇拥而成，都竞相向外伸展着，伸展着，似在炫耀自己蓬勃的活力，也似乎在向大自然吐露自己独有的芬芳。

啊！好久没有到这个地方来了，也许已经有好几年了吧。

记得以前，我们几个同学经常到这里洗澡、吹风、拍照，也有来看风景的。那时候这里的野菊花似乎还没有这么繁茂，河畔、山路两边，零零落落的有那么几簇，被牛践踏得很是凌乱。有一次，我突发奇想：我们几个同学一起拔它一些回去栽到自家花园里不知如何。我们兴致都大了起来，欢快地拔，接二连三地拔。最终这原本看起来还有一片的花簇，被我们都拔起来抱在怀里，有说有笑地往家走，身后剩下一片光秃秃的河床，只有极其少的几株野菊花的幼苗在那里甚是可怜。

回到家，我们几个同学便把家门前一块空地整理出来，把土块敲碎，拣去土里混杂着的杂草根。挖坑、放苗、细心地、一苗一苗地把拔来的野菊花栽好。

那时候父亲身体还很健康，很爱把周围的环境收拾干净，每天早晨总是第一个起床，然后就听见扫帚划过地面的声音，唰——唰——很有节奏。待我们起床，四周的环境已经焕然一新，父亲正把最后一点垃圾用竹篓端进火塘里，然后点燃。有时候不是很快就有火苗的，先冒淡淡的一缕白烟，然后是浓浓的，这个时候火就会很快着起来。在这个空当儿，父亲已经把一壶水挂在了火塘上空的一个铁钩上，等烧热了我们就可以洗脸了。最麻烦的还是春夏两季，由于院场没有硬化为水泥地面，爱长一种叶子细细的、一簇一簇的小草。父亲可不允许它们长在那里，长出太多就用锄头将它们连同院子里的泥土一齐刮去，长得少就用手一簇一簇地拔去。我也常为小草叹息：你们怎么长错了地方！

虽然父亲与土地交了一辈子朋友，但我不知道他为什么舍得我将门前这块二十余平方米的土地开发为花园，而且他也经常不知道从哪儿弄一些花儿、树苗的栽在那块地里。

我不在家的时候，他还经常去拔草、浇水，做得还很认真。

那天父亲和我们一起栽的野菊花。他兴致很高，和我们说笑着，同学和他开玩笑：

"叔叔，您还有时间来栽花？还是去忙你自己的事吧。"

"哎，这也是好事嘛！"

他边说边忙着去提水浇花。同学们都很羡慕。其实我也很纳闷，父亲平时真的很忙，每天都要忙到深夜十一二点才睡，但每天天还未亮就又早早地起床了，很少闲下来。我也经常给他说，早一点休息，不要把身体累坏了，但总是无济于事。我甚至也想了些办法，买了一个大钟挂在墙上，在十点的位置贴上一块纸片，上面写上几个很粗的字——该睡觉了，但每一次时针都超过一两格了他还在忙手中的活。有时我也会给他衣兜里悄悄地放钱，但父亲似乎并不是要挣多

少钱。

在我很小的时候,隐约记得父亲整日没有现在这么忙,但自从我和哥哥上小学后,父亲就忙起来了。

父亲是一个篾匠,有一手好手艺,只是那时候他做出来的东西没有现在的价格高(现在好像翻了几倍了吧)。受到父亲的影响,我们父子仨都会做,然后拿到街上去卖,因此每一年的学费不用父亲赞助多少我们就够了。但后来我上了中师,父亲就显得有些力不从心,不但用光了所有积蓄,还欠了些债务。从那时开始,父亲好像已经习惯了深夜入睡。

野菊花栽下之后,我除了周末回家看看外,其余时间都是父亲代为照管。父亲一直都很用心,不但把野菊照管得长势很好,很快就繁衍了好一大片,还栽了好多其他花和小树,尤其是我和父亲栽种的几株金银花长得很旺盛,都爬上了父亲栽的杜仲树,每一年与花园里面的花儿高低呼应。花园里可谓是百花齐放,蜂蝶起舞。从我们家门前路过的人都羡慕地说:"你们的花好多呀!"

那个时候父亲总会微笑着答应人家:"噢,来坐会儿吧。"

和父亲在一起最开心的时候莫过于周末回家,他抽出来一些时间和我坐在花园边聊天了。他也会边忙手上的活边和我说话,或者边抽烟边说。妈妈说:"你爸是难得这样闲下来的。"其实像我们农村的孩子能和父母坐在一起谈话的机会并不多,似乎有好大的隔阂,但父亲却做到了。其实开始也很别扭,但我有事没事就爱问他,这样久了话也就多了。现在想想,我们那时候好像谈过很多话题,甚至还谈到历史,比如西安事变,以及"文化大革命"。我们聊天的时候他的话最多了,我觉得父亲在那个时候年轻了好多。

还有的时候我会在花园边,在野菊花的陪护下,给父亲洗头或理发,父亲也常称赞:"你理发的师傅是个哑巴,没想到把你教得还不错。"

我会很自豪地回答:"那当然,绝不比理发店理得差。"

"我年轻的时候头发很好的,又黑又密。"

"嗯,你现在好好护理,也还不错。"这个时候,我心里隐隐作痛:最早给父亲理发时还是在初中。那时候刚上完初一,暑假阴差阳错地跟了一位哑巴理发师学起了理发。

还不怎么会,回家就让父亲做了我的第一位"顾客"。那时候父亲的头发还是黑的。他不怎么喜欢理发,其实我知道,父亲是怕花钱。后来父亲就成了我固定的"顾客"。渐渐也理得像模像样了,周围有些邻居也找我理发。后来我还专门买了电吹风,但一毛钱也没挣到——都帮忙了。父亲的头发就这样一次又一次地被理着,渐渐地有了银发,由少变多。不过还好,这几年我就业以后,父亲的压力似乎没有那么大了,这或许是父亲的头发没有完全变白的原因吧。

每一次理完发,父亲总是很仔细地把掉在地上的头发扫进花园,倒进野菊根部。他说:"免得头发到处飞。"

在父亲的照管下,花园里的野菊长得很旺,花期也很长。我觉得每一次回家,门前的野菊总开着花,就算是冬季,野菊的叶子都会泛着耀眼的绿色,很深的绿色,似乎在跟冷冷的冬日做坚决地抵抗。父亲也会在初冬把凋零的野菊的花茎用剪刀一根一根地剪了去,使整片花园看上去没有一点儿凌乱的感觉。

我好像忽然明白父亲为什么喜欢野菊了。

二〇〇八年,家门前的野菊开得正旺盛的时候,"5·12"汶川地震发生了,家里的房屋成了废墟。倒塌的土块和椽木把野菊压坏了不少。

我当时有些庆幸:父亲一直不愿意和我生活在一起,这下房子没有了,该会答应我吧。我一方面安慰他,一方面想在离单位近的地方找个住处。不过毕竟才工作没有几年,要有自己的房子谈何容易,但我觉得这是我必须要做的。我和父亲商量,他却一直都不答应,他总是告诉我,要守住原来的地方。而我总觉得重建房子对于我们家来说是件不容易的事情,而且父母亲都年事已高,单位离家较远,我也没有办法照顾他们。

这件事我们一直僵持着,但最终父亲都没有做出让步。其实我知道,他是怕拖累我,但他越是这样想,我就越觉得内疚。

我们最终还是依了父亲在原址建房。父亲和哥哥不间断地用了两个月时间将垮塌的房屋清理干净,我则想办法筹集资金和材料。

在快上班前的三四天,我就准备去单位。那天从家走时,忽然看到好久没有被顾及的野菊被垮塌的房土掩埋了不少,零零落落的,茎折断了很多,已经不成样子……

当我再次见到父亲时,他却躺在了救护车上,左腿流了好多血。他的脸色很差,但见到我却还是笑了:"我叫他们别打电话给你,他们还是打了。"我不知道

说什么,我想哭,也想埋怨他,当初要是听我的,不在那里修房,哪还有被拖拉机撞了的事,但我什么也没有说。一位乡邻告诉我,父亲是在给他们帮忙时,因拖拉机脱挡后退,我父亲躲闪不及而被撞了的。

父亲在县医院住了一周,病情没有得到很好控制,然后转到汉中市医院住进了重症监护室。但一周后父亲坚决要出院。我没有办法,我知道他是因为我要照顾他又要顾及单位,加之治病的医疗费也花去不少而想出院。

在父亲的坚持下,我只好为他办了出院手续,但我要求父亲必须在我所在单位附近静养,他答应了。在这段时间里,父亲似乎又与我近了好多。

但我却没想到父亲养病的那三周成了我陪伴父亲的最后时光。

那天他坚决要回家,哥哥只好将他接回去。

我只有每天给他打电话,让他不要心急,好好养伤。

但当我再次握着父亲的手时,他的手却渐渐地凉了……

母亲伤心地告诉我:"回家每天都去搬石头,怎么说都不听。他那左腿骨折咋得行嘛,又不打石膏,才多久嘛……"

出殡那天,人很多,将门前的花园踏得不成样子,野菊好多都被踩进了泥土……

一年的时间在思念中很快过去,当再次来到父亲的墓地时,杂草已经将墓地包裹住了。我埋怨哥哥,我才将除草剂打了多久,怎么就不来看看呢。

我们在墓地周围砌了护栏,将红花草栽满整个墓地。之所以选择红花草而没有选栽野菊,是怕野菊在十月左右花朵凋零后茎叶杂乱。我知道,红花草很易繁殖,很快就会一簇挨着一簇长满整个墓地,那时就不会再有杂草生长的空隙,父亲也许会喜欢的……

望着这铺满河畔的野菊花,我想伸手摘一支,但我最终没有。

它们蓬蓬勃勃,遮挡住了进山峡的蜿蜒小路。身在这齐腰的菊花丛里,在淡淡的清香的环绕下,一种沁人心脾的空灵的感觉涌向头顶,飘然升起,升起……

恍然中,似乎又见父亲在这繁茂的菊花丛中慈祥地向我微笑着。

回　家

2010-11-11

　　每一次给妈妈打电话,她总会说:"你们忙了就别回来了。"但我知道,妈妈是多么希望我们每一个周末都回去看看她。其实也不是要我们看看她,关键是她想看看我们。

　　每一次回家,我都会先给妈妈打个电话,其实我也害怕回到家不能第一眼就看见她。

　　每当我们回家走到门前的路上时,远远地就看见妈妈站在门前的院子边上,满脸微笑地来迎接我们。

　　不知道为什么,每一次第一眼看到妈妈,我的鼻子都有一种酸酸的感觉。

　　前年爸爸去世了,妈妈一直和哥哥生活在一起。哥哥今年三十五岁,一直都没有成家,常年和妈妈生活在一起,从某种程度上来说,生活上已经对妈妈有了一种依赖性。妈妈也很担心哥哥,也一直因为想让哥哥成个家而日夜焦急,但一直都没有如愿。这也可能是妈妈一直不愿和我们生活在一起的原因吧。

　　妈妈一生生活艰难,幼年丧母,被干爹收养。妈妈二十二岁与爸爸结婚,但当时不知道什么原因,或许是爸爸根本就不满意这场婚姻,常年在外,他虽也做了些事情,在某些范围也颇有些影响,但对妈妈的感情也就一般般。当年又正赶上"吃大锅饭"的岁月,

由于我们家无权无势，妈妈在集体劳动时常遭一些人的欺压和排挤。据她说那时候经常挨饿受冻，轻则受人辱骂，重则遭人毒打。

我不知道在那样的日子里妈妈是怎样走过来的。

后来，妈妈在三十八岁时才有了哥哥，又在四十四岁时有了我。那个时候没有任何医疗条件，妈妈算是实实在在的高龄产妇了。听当时给接生的大嫂子说，妈妈生我们兄弟俩吃了很多苦，足足生了两天多，全身都发乌了，差一点儿就难产。

妈妈是个老实人，没有什么手艺，只能靠种地为生。她就靠着双手和爸爸一起含辛茹苦地把我们拉扯大。

在我七岁多的时候，我上学了，爸爸就带着我和哥哥到离学校较近地方的房子住，每天晚上陪着我们，白天就和妈妈一起劳作。而妈妈就留在山上的老屋守着。

我们上学面临的最大问题就是天天回家得自己做饭。由于我年纪小，就经常会为做饭的事和哥哥闹些矛盾，妈妈则为此流了好多泪，同时也因为担心我们吃不饱穿不暖流了好多泪。

后来哥哥初中毕业后，由于家庭经济紧张，没有能够继续读书，就和同村的人一块儿外出打工去了。

一九九七年，不幸降临到我们家，哥哥在外打工时不慎从六楼坠地进了医院。当时情况很紧急，爸爸只身去了外省照顾哥哥，妈妈在家整日以泪洗面，饭也吃不下，但还要坚持照顾着家里的猪牛等。

有一天，刚下过雨，妈妈牵牛回家，不知怎的，牛狂性大发，将妈妈拖倒摔在地上，手腕摔脱臼了。但当时只有她一个人在家，她就坚持着，手腕肿得厉害，但她放不下手里的活，也没有心思去医院，以致后来留下永远的残疾。

后来哥哥身体初愈回到家里，但经过这次事故后，他的性格发生了很大变化，不大愿意与人交流，慢慢地也就错过了成家的良好时机。一直到现在，哥哥都是单身一人，这也成了妈妈一个挥之不去的心病。

二〇〇五年，我们搬了家，一家人终于可以像模像样地住在一起，但我因为要上班，一般周末才可以回家。妈妈又是天天担心着我，每次回家，总是嘘寒问暖。我想，我都二十来岁快三十的人了，再说这么多年我都单枪匹马地闯过来了，还怕什么呢。但妈妈就是不放心。

二〇〇八年，"5·12"汶川地震震垮了我们的家，后来爸爸也永远地离开了我们。家一下子就乱了，妈妈无法从失去陪伴的阴影中走出来。我多么想让妈妈和我们生活在一起，最起码有个照应，但哥哥却要守着家，妈妈又担心哥哥，终是没有实现。

就这样，我们周末没有事就回家去看她，但也不是每个周末都回去。

还未坐定，妈妈就开口了："我说了你们忙就别回来，你们身体都好吧？"妻子把给妈妈买的袜子、鞋子，或者吃的喝的拿出来给她，妈妈则又说："你看，又花些钱！"我心里暗暗自责：我们又把老人家给忽悠了。说实在的，每一次回家虽然都给妈妈买一些这样那样的东西，但都是便宜货，花不了几个钱，但妈妈很高兴，在周围邻居面前时常夸赞这个好那个不错，惹的周围邻居很是羡慕，她也很开心。

妈妈今年已经七十三岁高龄了，我多希望她能和我们在一起生活，虽然我们的生活条件没有多好，但我只希望她生活得幸福。看看我们，哄哄孙子，不算享受天伦之乐，只求能让她安度晚年。

鸡 蛋

2017-2-26

晚上十点三刻,回到家,妻和女儿都已经入梦。我的肚子感觉有点饿了。

走进厨房,却不见什么吃的,只有几颗鸡蛋放在桌上。这倒也不错!

鸡蛋是上次回家母亲给我的。母亲在家里养了三只鸡,却下蛋不多。每次回家临走时,母亲总是用一个塑料袋子装着三四个鸡蛋给我,让我带着。

小时候就养成了爱吃鸡蛋的习惯,煮汤、蒸鸡蛋羹,或者带壳煮着吃,一直到现在,百吃不厌。

母亲知道我爱吃鸡蛋。小的时候,家里能煮个猪肉、煮个鸡蛋就算是改善生活了。在母亲心目中,鸡蛋似乎比猪肉更珍贵,更有营养价值,因此她经常给我们烧鸡蛋汤。母亲烧的鸡蛋汤除了有油盐之外,还加些蒜叶或者葱叶,其他也就没有什么调味品了。可是很奇怪,母亲烧的鸡蛋汤却香气扑鼻,香味四溢,不觉中一大碗下肚,却还意犹未尽,回味无穷。这样,我也就养成了爱吃母亲做的鸡蛋汤的习惯了。

可是,我却发现,母亲从来没有吃过鸡蛋。每次劝母亲吃,她总是说她不爱吃鸡蛋。

我知道,母亲还是吃鸡蛋的。她之所以不吃,是因为她一直想把她认为最好的东西留给我们。我记得最清楚的一次，那时我还小，我们一家人围着火塘烤火，便拿来一颗鸡蛋烧着吃。烧鸡蛋是有方法的，如果直接将鸡蛋放入火塘中烧，一会儿鸡蛋便会发出嘭的一声，火星四射，灰尘飞溅，那是因为鸡蛋炸了。所以我们烧鸡蛋之前会找来一个盆子，盛些水，先把鸡蛋浇湿，再找来没用的纸，将纸在盆里浸湿，一层一层地包裹着鸡蛋，包上四五层，然后才能把鸡蛋放到火塘里去烧。烧上大约二十分钟的样子，从火塘里掏出鸡蛋，表层的纸已经烧焦了，但是里面的纸除了水分已经烘干，基本还都没烧着。又一层一层地剥去包裹着的纸，鸡蛋还是好好的，但已经烧熟了，拿在手里，滚烫滚烫的，但又舍不得丢下，便两只手不停地换来换去，边换边用嘴吹着。一会儿，鸡蛋不是那么烫了，就一点一点地剥去蛋壳，香味自然也就出来了。这个时候我们往往还不等蛋壳剥完，便先去咬上一口解馋，等蛋壳剥完，鸡蛋也就吃完了，鸡蛋的香味能让人回味半天。那天，刚刚把鸡蛋放进火塘，邻居便来串门了。他们闲谈着，我眼睁睁地盯着火塘里的鸡蛋。时间一分一秒地过去，邻居却没有走的意思，而我也一直不好意思，无法鼓起勇气去掏火塘里的鸡蛋。等啊等，邻居终于起身走了，我迫不及待地拿起火钳掏出灰里的鸡蛋，却发现包裹在外面的纸基本烧焦了，蛋壳也焦了。用火钳一夹，蛋壳也碎了，黑的，带一点儿黄，没有了往日剥开蛋壳的香味，我便不愿意吃了。母亲见状，拿起鸡蛋，便抱怨起我："这些娃娃，烧个鸡蛋还忘了，看烧焦了可惜了呗！"边说边用嘴吹了吹灰，把一块烧焦的蛋放进嘴里。母亲那个时候牙已经不好了，掉了好多，她一直在嘴里嚼着，我在一旁愣着，也不敢说话。

　　现在周末回家，母亲若煮了蛋汤，总是一个劲儿地劝我们多吃点。我们把鸡蛋给她夹到碗里，她又总是夹回到我们碗里，一个劲儿地让我们吃。直到最后，我们都放下碗筷，母亲才将锅里剩下的一点儿蛋汤盛进碗里喝完。

　　母亲每年都要养几只鸡，而鸡蛋也全部被我们吃了。一日，我们临走时，母亲拿来仅有的几颗鸡蛋让妻带上，妻说："不拿了。"

　　母亲一下子显得不知所措，拿着鸡蛋的双手停在空中，眼中一下子涌出了泪花。我忙给妻使眼色："拿上就拿上嘛。"便双手接过鸡蛋，母亲一下又显得轻松了许多。上车后，女儿透过车窗，给母亲挥着小手："婆婆，拜拜！你干活慢点哦。"母亲勉强笑笑。我说："妈，我们走了。"母亲很是不舍，还是

说:"你们慢点儿!"

一路上,心里总不是滋味,想着母亲含泪的眼,心里总是堵着。妻一路上也像是做错事的孩子,一言不发。但我还是埋怨她:"以后妈给什么东西你就拿着,拿着她才高兴!"

从那以后,母亲给什么东西,我们总是欢喜地接着。我知道,就是给她放在家里,她也舍不得吃,最后还是坏了,又舍不得扔。我们拿着,她心里是高兴的,与其最后扔掉,还不如让她老人家高兴点儿。

我打破两颗鸡蛋,在碗里搅拌好,开火,放油,加水。一阵忙碌后,鸡蛋汤算是做好了。盛起来放在桌上,拿出手机看会儿,估计也就不烫了。可是,喝到嘴里的蛋汤却总不是期望的那个味道,唉!

我勉强喝了几口,甚是失落,便又拿起手机,拍了照片,也学着发个QQ动态:自己煮的蛋汤就是没有妈妈的味道!

我发了阵呆,看看碗里,勉强喝了下去……

带着期盼出发

2013-4-3

　　那已经是十几年前了，那时父亲虽已两鬓斑白，但身体也还硬朗，精神也好。

　　因为我是第一次离开父母到很远的地方去读书，多少有些惧怕，也不舍得离开父母亲，心里总是空落落的。

　　其实那一段时间以来，当我决定去 T 校读书时，父亲总是对我说："不要怕，人总是要长大的。我们当年因为社会形势不好，兄弟又多，想读书却没有机会去读，以致落得现在这种落魄的局面，要是多少有些文化，也不会让你们过得像现在这样艰难。"

　　父亲曾给我讲，他当年年轻时也算是有一些经历的，也曾有很多机遇可以改变命运，但却都因为没有文化而最终无奈作罢。父亲其实也是识字的，读书看报都没问题。他说那是当年爷爷忙里偷闲教他的，而他却没有真正上过学。父亲说："你们现在有机会读书了，我就是砸锅卖铁也要把你供出来，你可要为我争气啊。"

　　我那时还不明白，父亲为什么每次对我说这些话时声音总有些哽咽，表情那么严肃而语气却又那么柔和。我也实在没有在意，父亲那年已经五十九岁了。

　　出发前几天，父亲就把他多年来一个盛装珍贵东

西的木箱子收拾干净，洗去了多年积在外边的尘垢，换了新买的锁子（那时学校没有储物箱，是要自己带行李箱的），嘱托母亲将被褥洗干净，还为我买了新被套。

　　出发那天，父亲早早起了床，母亲为我们做好了早餐，父亲却没有吃，总在忙着检查行李，询问我忘了什么没有。离班车来的时间还早，父亲却早早背上了行李，拎着东西，领着我出发了。箱子里面有米，有书，还有日常用品等一些东西，我曾试着扛过，好重！扛不动！父亲却一口气将行李背到了我们一向候车的地方。一路上我们话语很少。

　　车来了，父亲又说："去了好好读书，有什么需要的就带信给我，也可以去找那个亲戚。"

　　车走了，越走越远，父亲却还站在原地，目光始终没有离开过我乘坐的车。我想，父亲定是满眼的不舍、满心的期盼……

雪

2009-11

今年的雪下得格外的早。

今天才期中考试,就下了今年入冬以来第一场雪。

纷纷扬扬,飘飘洒洒,洁白而晶莹,轻柔而温润。真是拿"未若柳絮因风起"来形容再也恰当不过了。

望着窗外纷飞的雪片毫无顾忌地从空中飘下,竟有些着迷。我的身材一直是苗条型的,因此最怕过冬天,但不知怎的,今天见得这雪却格外地亲切,竟也忘了寒冷,伸手去接那洁白的雪片。她如阿洁[①]那纯真舞动着的轻盈的身姿,从眼前、从耳畔、从身旁飘落,就算落在手掌,也展示出她如水般的纯质。

在这里好几年了,每年都在下雪,可是记忆中怎么就没什么印象。似乎也没有下过这样的雪,就算是在这里上学的三年,对雪似乎也真没什么印象。即使是去年的雪灾,记忆中唯有堵车的画面,却没了关于雪的印象。

记忆中真正有雪的情景还是在家乡。很多年前,在家乡读着小学的日子里。那时候虽然年龄小,但每年下雪的情景却记忆犹新。

白茫茫一片,整个村子、房屋、树木、山峦、天

[①] 阿洁:作者作品中的人物,参看《怀念阿洁》。

野菊花

空，任由晶莹剔透的雪片堆积，大地包容了一切的白色。

下雪，是我们小孩子最欢乐的时候，玩雪成了我们最渴望的事。那时候冬季似乎要比现在冷，而且家乡海拔高，每年冬季雪总是如约而至。虽然从小体质弱，却总经不起雪地的诱惑。

当然，并不是所有时候一看到雪就没命似的去亲近它。比如早晨，见外边下雪了，起床就成了很大困难，无论父亲百般喊叫和催促，我就是不愿意离开被窝，最后父亲只得拿我的衣服去火塘烤暖和，我才极不情愿地穿上起床。

那个时候由于学校没有取暖设施，每到冬季下雪了，我们是可以提着小火盆去的。将不大的一个铁或铝的盆，用铁丝系上作为提手，盆里面装上木炭块，加一点明火，一路风吹，到学校火就燃得旺旺的了。火提一段时间我们就会积累一些经验，比如用草木灰掩着，用水浇炭块，或准备好没有着的炭块等，火就可以持续烤一个早晨。

也有的时候实在不愿往学校走，但眼看着上学就要迟到了，就缠着父亲背着我去。他拗不过我，只得由我爬上他的背。伏在父亲背上，确实很舒服，一直走到快到大路的时候，他就一个劲儿地开始说了，什么同学都在看我啊，什么他们要去学校给老师说啊。这话说那么几遍，我就觉得不那么自然了，再看到大路上好多同学在赶路，竟也不由自主地从父亲背上溜下来，提着取暖的小火盆，一溜烟儿地往学校跑去。

我们玩雪一般是在下午放学，因为中午回家吃饭的时间很短。下午放学后，作业不多或者没有，那就是我们小伙伴最放松的玩雪时光。铲起积雪堆上一个雪堆，便命名为雪人。打雪仗似乎玩得少，大家都不怎么喜欢，倒是喜欢趁小伙伴不注意，悄悄把准备好的雪球塞进他们的后背，瞬间的冰冷让他们防不胜防，只得哇哇叫着跑开了。再就是哄其中的几个小伙伴到一棵树下，冷不防使劲摇一下树，自己跑开，树上的积雪扑簌簌地落下，树下的小伙伴便弄得个满头是雪。最有意思的还是我们把一条长长的板凳倒置在雪地里，一头系着绳子，两三个小伙伴坐在板凳的反面木板上，其余两三个小伙伴便拽着绳子使劲儿拉，板凳就滑动了。从院坝这头拉到那头，然后换过来，先前坐的小伙伴拉，先前拉的小伙伴坐。这样拉上几次，大家都筋疲力尽了，但余兴未尽，便去屋子缠着父亲来拉我们，父亲拗不过我们的纠缠，便也答应了。我们就尽可能多地挤上凳子，父亲拽着绳子拉着，虽显得吃力，但也坚持着拉我们在院坝里滑上几个来回。然后气喘吁吁地轰着我们进屋烤火，因为这样玩久了，父亲总是担心我会感冒。进屋双手伸向火塘，十指红扑扑的，已经失去了知觉，头上的雪也慢慢化成水一滴一滴顺着脸颊往下掉落。

每到冬季，由于爱玩雪，手背也总会裂好些伤口，有时候还会出血，但那都不会让我们感到疼痛，因为玩雪的快乐已经远远盖住了那些手上的裂口所产生的痛。

后来慢慢大了，玩雪的快乐似乎也慢慢地远去了，再加之下雪的时候也少了，雪似乎成了生活的奢侈品。

现在，雪仍在纷纷扬扬地下着，似乎没有停下来的迹象。手中托起片片晶莹的雪花，见它们慢慢化成一粒粒水珠，似乎又带我回到那久远的日子里。

但，现在，曾经拉着我们在雪地里跑的父亲早已被今天这纷纷扬扬的大雪覆盖了，他的墓地定是白茫茫一片，拥抱着这从天而降的晶莹剔透的白雪。

父亲的愿望

2013-09

应该说父亲有许多的愿望，但许多的愿望随着他的过世也就逐渐远去了。什么修房啦，我们兄弟俩的成家问题啦，等等，这些都在他去世后成为我们重新考虑的问题。

但有一件事，父亲在世的时候已做过诸多努力，却一直搁浅了。

父亲常给我们讲关于他和爷爷的事。我没有见过爷爷，哥哥也没有见过爷爷，我们都是在爷爷去世后才出生的。因此听那些往事也就多半成了听故事一样，但在这个过程中，我却在不知不觉中知道了另外一个概念——孝道。

至于爷爷在世时父亲具体是怎么对待或是孝敬爷爷我就不得而知了。但每年除夕，父亲都会带着我们去给爷爷烧纸钱，毕恭毕敬的。父亲说，绝不能忘记爷爷的恩。因为我父母在年轻时一直没有生育孩子，不孕不育似乎已是不可改变的事儿了。那个时代，女性不能生育孩子，那在婆家是没有任何发言权的，更别说地位了。父亲也是为此耿耿于怀，对兄弟的孩子关爱有加，但终不是自己亲生的，我想留给父亲的不仅仅是一个遗憾了得。据父亲说，此事也是爷爷的一大心病，后来爷爷便在弥留之际给父亲许诺：他去了另一个地方，一定要为父亲要两个儿子。说也奇怪，爷爷去世之后，母亲在三十八岁时竟然真的有了哥哥，在四十四岁的时候又生了我。虽生产的时候母亲受了诸多苦，但都是顺产。现在想想，在那个时候是多么危险的事！

父亲膝下有了俩儿子，在那个重男轻女的时代，定是扬眉吐气，雄赳赳气昂昂的！——我想。

父亲带着我们哥俩给爷爷烧纸钱时，会给祖先们放鞭炮，同时会给我们介绍，都应该叫什么，别多少年后，祖宗都找不到，那就太丢人了。

后来爷爷奶奶的坟因为年久崩塌了些，奶奶坟头的石头也滚落了一地。父亲想找他的兄弟们一起去修缮一下，但不知道为什么，那个时候他们兄弟几家关系都不怎么融洽，于是父亲便自己带着哥哥从后山抬了些石头，把爷爷奶奶的坟修缮好。可惜那个时候我正在外上学，没能参加。

把爷爷奶奶的坟修缮好之后，父亲便有了一个新的愿望：为爷爷奶奶各立一块碑。祖坟中都没有立碑的，但见其他姓氏的祖坟立有碑，还铭刻有碑文，便觉得先祖倍儿有面子。

父亲的这个愿望我当然是赞成的。尽管家里很拮据，我上学的费用都是东借西凑，还贷了款。

但父亲在实现愿望的时候却不那么顺利了。父亲共有兄弟姐妹十一位，除最小的姑姑年幼时因病走了，其余十位兄弟姐妹都已经发展成为一个个大家庭了。因此为祖辈立碑这事儿不是哪一位晚辈能说了算，得大家达成一致意见才行。可惜鉴于兄弟关系不和，他们最终没有达成一致意见，为此父亲愤愤不平了很久。

后来，父亲又提了一次，仍没有实现。

再后来，父亲去世了，为爷爷奶奶立碑的事终没有实现。

二〇一一年十月，是父亲去世三周年忌辰。几个月前我便和哥哥议定，给父亲立碑。同一时间，我又想起父亲的愿望，如果借此机会一并给爷爷奶奶把碑立上，也算实现了父亲的一大遗愿。我便积极与伯父家、姑姑家商议，这次竟然很顺利地得到了亲属的同意。

接下来便各处联系，收集相关信息，拟写碑文。父亲的兄弟姐妹有在当地居住的，也有当年嫁到高寨子、罗村坝、毛坝河的，幸好通信发达，收集

信息也没费多大心，倒是拟写碑文费了些心思。

父亲的三周年忌辰没有大操大办，在那天父亲十兄弟姐妹家里都来了些人，再加上本村邻里的帮助，父亲的碑，连同爷爷奶奶的碑终于立起来了。爷爷奶奶的几位外孙都是泥瓦工好手，他们将爷爷奶奶的碑处理得很是细致。爷爷奶奶的五位女儿中，只有老四健在，姑姑和姑父都已年近古稀，他们不顾身体不适，相扶着走了几公里的山路，在爷爷奶奶的坟墓上插上花圈，虔诚祭拜。

现在每年除夕，我和哥哥仍不会忘记去祖坟烧纸钱，看着爷爷奶奶坟前立着的墓碑，心里默念着：父亲啊，你想为爷爷奶奶立碑的愿望已经实现了……

在爷爷奶奶碑文落款"孝子"一栏中，赫然写着父亲的名字……

一双运动鞋

2015-10-23

在我读初中一年级的时候,我有了第一双运动鞋,虽然是一双旧的运动鞋。

那是一双白色运动鞋。

那双运动鞋本是我的老师的,一天他送给了我。

小时候家穷,能拥有一双运动鞋,想都没想过。

那年,哥哥外出打工,春节回家的时候给我买了一套西装,看布料,看款式,还是挺不错的那种,只是穿在身上有点大。但是问题来了,我们那个时候穿的鞋子只有一双解放鞋。当穿上那套西装后,脚上蹬一双解放鞋,可以想象,是多么不协调。但能有身像模像样的西装,心里也是无比自豪的,更是无比感激哥哥。

后来,解放鞋的问题也得到了解决——我自己攒钱买了一双黑色布棉鞋。穿上,感觉也就不那么别扭了。

后来上了中学。学校是在一个小镇上,比家乡要繁华得多。年龄小,也是要面子的,可家里像样的衣服也就只有那套西装了,因此那套西装也就成了我周一到周五固定的穿着。但夏秋季却不能穿着棉鞋,也只好穿着解放鞋了。

一天,我的老师将我叫到他的宿舍。他从柜子里拿出一双白色的鞋,和蔼地对我说:"这双鞋你拿去穿,

就是有点旧了。"

忽然觉得幸福来得如此突然，我一时间不知道该说什么，甚至连对老师说声"谢谢"都忘记在脑后。拿着鞋，走出老师的宿舍，心里是满满的感激，无法平静。

但我却一直没有舍得穿那双鞋。其实我希望，能够在参加重大活动的时候，在信心不足的情况下穿上它，那一定让我信心百倍。但后来的各种活动，在老师的鼓励和指导下，我也总能较为轻松地应对。这样，那双运动鞋就一直被我珍藏在我的木箱子里面。

我也常翻开箱子，凝视着那双承载着老师对我深深关爱的运动鞋，但总下不了决心将它穿在自己脚上——真的舍不得！

后来，初中毕业了，我没有及时地搬回那个有些笨重的木箱。当我在新的学期再回到母校的时候，新同学已经住进了我原来的宿舍。可怎么也寻不到陪伴了我三年的木箱。

经过多方询问，我终于在操场的一个角落找到了几块已经破损不堪的木板，已经没有了木箱的样子。箱子里面的东西也不翼而飞，只有些纸片了。

我徘徊许久不愿离去，我想找到那双鞋！可是奇迹没有出现，我最终还是依依不舍地离开了母校。

现在，我常会想起那双鞋，那双老师送给我的运动鞋！

鸳鸯池往事

老家的柿子树

2014-10-1

　　老家的两棵柿子树已经好几年没有结出柿子了,也不知道它们是哪一年放弃了结柿子的。

　　老家有个很好听的名字,叫"鸳鸯池"。据说是当年先祖看到一对儿鸳鸯飞去那儿,觉得那里地形风水都好,就在那儿建起祖屋,因此而得名。我们搬离老家已经好几年了,虽偶尔回去看看,但也是一年难得去几次。房子还在,却破烂不堪;小路也在,却荒草萋萋;两棵柿子树似乎这么多年都没有怎么长高长大,还是老样子,默默地守护着老家的一切。

　　在我的记忆里,老家这两棵柿子树每年都会结出很多很大的柿子,每到秋天,橘黄色的柿子挂满枝头。

　　到柿子树叶落尽的时候,便是柿子丰收的时间了。那时候已经有霜了,早晨起来,有点寒气,待阳光照过柿子树后,霜被晒干,哥哥便提着竹筐,竹筐上系着一根长长的绳子,还要准备一根竹竿,竹竿一头裂开,拿着这些工具,慢慢地顺着树干,踩着树枝,爬到柿子树上一定高度,便开始摘柿子。

　　摘柿子也算多少有些技术含量的活儿,把有破口的竹竿伸出去,夹住结有柿子的小树枝,稍稍用点力,感觉卡紧了,再一拧竹竿,便把带有柿子的小树枝折断了,再小心翼翼地把竹竿拉回来,把柿子连带着小树枝一起放进竹筐，柿子就算是摘到了。但如果卡得不够紧，或者卡得太用力，柿子就会在还没收到竹筐的时候掉落到地上去，摔成几瓣儿，也就没用了。

哥哥在树上那样如此往复几次，待竹筐装满，便把绳子放下来。我则在地上负责把哥哥摘到的柿子运到屋子里。

我们家的这两棵柿子树距离也就二十米左右，因此每年两棵树像是比赛似的，都结满柿子。两棵树的柿子摘完，一般要用三四个早上，能装满两个不小的背篓。

每次摘柿子哥哥都会在柿子树的最顶端留下一个或两个柿子，哥哥说留下的是"看树的"，我却不懂什么是"看树"，只是在心里一个劲儿地祈祷：今年别摘完了，明年可以多结一点。那一两个柿子高高地站在枝头，孤零零的，被阳光照着，却更加鲜艳夺目，煞是好看。那一两个柿子到底有没有"看住"树不知道，不过待过一段时间在枝头熟透之后，便会招来几只鸟儿争相啄食，很快也就只留下柿子蒂了。从此，树上便彻底没了柿子，要等到第二年。

第二年春天来了后，柿子树便与其他树一起抽出新芽。待柿子树的新枝条抽出好长时，柿子叶也长全了很多，嫩绿的，还泛点油光，这段时间，柿子开始长出花蕾。再过段时间，小柿子就慢慢地长出来了，待小柿子长到指头那么大的时候，便是我们小孩子最开心的时候。我们每天都去树下寻掉落的小柿子，剥去外边部分，把青色的小柿子拿出来，用很细的一根短棒插进一端，留下尖端，我们玩的"小陀螺"便做成了。"小陀螺"可以一个人玩，也可以和哥哥一起玩，和哥哥一起玩的时候还可以比赛，看谁的"小陀螺"旋转得最久，或者故意把各自的"小陀螺"转到一起"打架"。小时候没有什么玩具，玩小柿子做成的"小陀螺"也能玩一段时间。

后来就是小柿子慢慢长大了。在这段漫长的时间里，我们特别注意的就是看看枝繁叶茂的柿子树上有没有出现红色的柿子，如果有了，便会小心翼翼地把它摘下来。这样的柿子马上就可以吃的，它已经熟了。因此我们经常会注意这样的柿子，在所有的柿子中搜寻着这样难得的柿子，也往往是看到一个有点儿泛着红色的柿子，我们便天天去看它又红了多少，熟透了没有，

25

天天都盼着它早点儿熟。有时候等不及了，也会提前把它摘下来，摘下来之后才发现，它根本就没有熟，只是我们太心急了。可是我们哪里会死心，仍然会抱着试试的心态去尝一尝，有时候尝到嘴里无比酸涩，有时候掰开看起来是有点发沙的感觉，不过基本上算能吃，但容易噎着，也容易引起便秘。如果大人们看见，是绝不允许我们吃的。当然，最沮丧的就是，无意中发现一个柿子竟然熟透了，便找来竹竿去摘，结果一激动或者一不小心，熟透的柿子掉落到地上，摔成一摊烂泥似的。在惋惜半天之后，便也会小心地拾起掉到地上还未粘上泥的那一点儿柿子，极其难得地放进嘴里，用舌头舔去留在嘴唇上的甜甜的蜜汁一样的柿子，留下嘴上一圈黄里带红的柿子残汁。

深秋到了，便又到了我们收获柿子的时间。

我们收获回来的柿子并没有熟，我们便把它们全都放在竹楼[①]上，过段时间，柿子就彻底成熟了。我们便每天取些来剥去皮，吃上几个，味道甜甜的。这是那个时候吃到的最好的水果了。好像除了六叔家那棵野梨树能悄悄地去偷吃几个，这也就是唯一的水果了，因为我们那里似乎没有栽种果树的习惯，其实就算栽种了，也一般结不出水果，要么冬季冻死，要么就是不开花，爸爸从外地带回来的几棵梨树就是最好的见证。

每年秋季收获的柿子能吃到第二年春天，好像"二月二龙抬头"的日子都还有，不过到那个时候就更加稀奇了。

这是小时候柿子最普遍的吃法，后来我长大些了，到高寨子姐姐家去玩，在她们家吃到了柿饼，觉得更有一番味道。我便向姐姐打听柿饼的做法，她还给我看了做柿饼用的工具。

回到家后，我便按照记忆自己做成了工具，在柿子收获的季节，将从树上摘下还未熟透的硬柿子去皮，然后用草绳结成串挂在柿子树上。挂一段时间后，经历风吹日晒夜露霜冻，柿饼由红变得有些黑了，整个也就变软了，还缩小了一圈。听姐姐说，柿饼表面还会上一层白白的霜，这个时候柿饼就可以吃了。可是，我们每年做的柿饼哪能等到上霜的那个时候。每次放学回家，心里最惦记的就是挂在柿子树上的柿饼，并猴急猴急地爬上柿子树，用

---

①竹楼：农村在房梁以下的空间支上檩子，上面放上竹棍用于堆放东西的地方。

手捏捏这个，捏捏那个，捏到有些软了的，或者看到那诱人的红色，便迫不及待地摘下来，装进衣服口袋，溜下树，藏到屋后那片树林里津津有味地品尝，虽然还有些涩涩的味道，却又是最美的。

因为这样，每次放学回家挂在柿子树上的柿饼就会少一些，以至于后来草绳上只留下些柿子蒂，也终没有见到上了霜的柿饼。

后来因为一些事，我们一家人搬离了老家，住到离老家有两公里远的山下去了。

搬家后的第一年，老家的两棵柿子树结了非常繁密的柿子，母亲便让哥哥去摘下来，哥哥只摘了一树，却用了整整两天的时间，从山上背下来。另一树柿子一直挂在枝头，后来完全地成熟了，过路的人便摘下来吃，听他们说，那成熟的柿子非常非常甜。后来我经不住诱惑，便专程跑去山上，摘下柿子来吃，确实是从没吃到过的那么甜那么甜的柿子。现在看看满树被鸟儿吃剩下的柿子蒂，感到甚是可惜。

但不知道为什么，哥哥那年摘下来背到山下晾成熟的柿子，吃起来总没有了以前的味道，以至于后来好多都扔了。

后来，我们就再也没有怎么记起那两树柿子，它们在我们的记忆中慢慢地被淡忘了。

每年年末去山上祖坟祭奠时，抬头望见那两棵柿子树，却见满树枝条，不见一个柿子蒂。

或许那两棵柿子树已经放弃结柿子了吧。

竹 缘

2015-8

近日，华哥不知从哪里知道我会编制竹篮，他半信半疑地说要给我砍些竹子，让我给他编制个篮子。

我和华哥都是老朋友了，当然就爽快地答应了。

那天，我正在花竹篾①的时候，散步路过的人都很惊讶："竟然会花竹子？！"

我笑笑——这都不是个事！

小的时候，家住在山上，门前有条小溪，溪水的两岸长满了竹子，竹林很密，长势也很旺。

那片竹林伴随着我的童年一年又一年地历经春夏秋冬，但遗憾的是我却没有去过竹林深处。竹林中有一条小路，我只是和父亲去走过。父亲是不让我往竹林里面去的，每次父亲去砍竹子，感觉总是要在竹林里面走个遍，看看这根，摸摸那根。我很不明白父亲为什么会那样，明明需要砍竹子，却总舍不得砍似的。

父亲让我待在小路上，见父亲到了竹林深处没了踪影，我便在路上害怕起来，大声叫着他。父亲答应着，却老长一段时间才走出竹林，拖着几根看起来很不顺

---

①花竹篾：把竹子破开，用刀一步一步地分成竹丝。竹丝即下文的"篾条"。

花：方言，动词，用刀子把竹子分成片或丝。

眼的竹子——要么弯弯的，要么干了半截，要么长了好多斑点。我真不懂！

　　由于常被父亲扔在小路上，后来我就不爱和父亲去竹林了。但生活在山上，没有玩具，没有玩伴，童年就显得单调了，在不知道干什么的时候就对父亲编制竹器有了些兴趣。

　　父亲是当地算得上有些名气的篾匠，竹席、背篓、竹筐等一些生活用具全都做得不错。口碑最好的当是竹席，做竹席用的竹篾要分四层，据说一般的篾匠是做不到的，即使能花为四层，也是薄厚不一，编制起来就很费劲。而父亲做的竹席好就好在他花成的竹篾厚度均匀，而且编制的过程中会用竹钉把篾条之间的缝隙都靠拢，有的买主说，连灰都漏不下去。因为父亲注重这些细节，因此也成了定做竹席的买主的首选。记得那个时候面积最大、价格最高的一床竹席能卖二十八到三十元的样子，但一般要七到十天才能完成一床[①]。

　　父亲在编制竹席的时候我就在旁边看，最吸引我的就是父亲要新花一根竹子的时候，因为新的竹子破开，里面有一种薄薄的、白色的膜，沿竹子内部长成，中空，质地柔软，我们叫它"竹子炮炮"。把这层膜小心地取下来，拧住一头，另一头放在嘴里一吹，"竹子炮炮"就鼓起来，再用手一按，便会发出啪一声响。当父亲把竹子破开时，我总是急切地去取"竹子炮炮"。父亲也帮我取，还一个劲儿地叮嘱我："慢点，慢点！"因为刚破开的竹子边缘很锋利，稍不注意手就会被划出一道伤口，我没少受伤，父亲的手也总是伤口满满的。如果真被竹子划伤，父亲便回到屋里在墙上找到蜘蛛结的"茧子"一样的东西，撕去外面满是灰尘的一层，里面是乳白色的一层，父亲便把那一层撕下来贴在伤口上。里面的蜘蛛则仓皇逃窜到别的地方。

　　父亲取下"竹子炮炮"后，也会吹一个把它放响，然后再吹一个两头拧紧，递到我的手上，我拿过来两手一按，啪一声，便又向父亲要。父亲吹几个以后，会把没有吹鼓起来的一把拿给我："自己拿到边上吹去。"我放完了父亲吹的，便拿着那没有被吹鼓起来的到院坝边上去自个儿吹了放响。父亲就又

[①]床：量词，一张竹席为一床。

开始了他手中花竹子的活。

"竹子炮炮"很快会被放完，没的玩了就又去看父亲干活。父亲见我碍事，就把竹篾取剩下来的黄篾给我，叫我自个儿玩。我便把竹篾折短，编成"十字路"的小竹芭。因为"十字路"要简单一些，一上一下穿过篾条就行了。后来又学会了编"人字路"，感觉自己进步了一大截——竹席编的就是"人字路"。"人字路"编制出来像是很整齐很好看的图案一样。

父亲花好竹篾之后就开始编制，我则看得十分上心，等父亲编制另一边的时候，我便学着父亲的样子把竹篾一根一根编制上去。父亲开始很反对，怕我把竹篾弄破了，我就很小心很仔细地一根一根慢慢地往上加，父亲见我还没有弄错，也就停下来给我指导，慢慢地竟然达到了父亲的要求。然后父亲编一头，我编一头，虽没有父亲那样百分之百合格，但我编制的经父亲稍做加工就没有两样了。

那时候我也就七八岁的样子，因此这也就成了父亲跟别人夸我的一个理由了——席子那么大，他都敢去僭[①]！我听了之后感觉自己也挺了不起的。

编制竹席也不是每天都能做的，一般在秋收前，农民需要竹席晾晒庄稼，因此编制竹席一般都是在七八月份，恰好在暑假。跟着父亲编制竹席，又有父亲的指导，感觉过去没有什么可玩的童年生活也就多了些乐趣，再加上父亲在别人面前的夸奖，我对竹子的兴趣也就更大了。

在不编制竹席的时候，父母就下地干活，早出晚归。在农活不忙或者每天干活回家，趁母亲做饭的时候，父亲也没闲着，又是去砍竹子，开始花篾条编一种能盛东西的竹篮子。在我的记忆中，编制这种竹篮大概是在我上学之前。一天父亲用花好的篾条比比画画，然后就编成了一个篮子，再经过几天的修正，形状就很好看了。拿到街上去卖，竟卖到钱了。不过那个时候便宜，一块钱一个，最开始一整天也就完成一到两个的样子。后来父亲创制的这种竹篮销路还不错，竟成了我们家最主要的一个经济来源，也带动了二叔、三叔、五叔，还有几个邻居也学着编制起来。但那时候父亲还是比较保守的，一般不手把手地教他们怎样编制，他们就模仿着那个形状摸索，后来竟也拿

[①]僭(jiàn)：方言，这里指小孩子好动大人的东西。

到街上卖出钱来，但看起来形状确实没有父亲做的好。

在父亲的影响下，我、哥哥，我们都开始编制竹篮子，父亲倒是手把手地教我们。但编制竹篮子最大的问题不是编，而是花篾条，那是个技术活。哥哥那时候年龄要大点，比较容易就掌握了。我就学不了——那时候我才七岁的样子。手握不住竹子，也没那个劲，关键更怕刀会伤着手。这样的情况下，起初我就只能用父亲不用的下脚料在那里比比画画，也只是觉得好玩——反正没什么可玩的。此外，编制这种竹篮需要坐在那里，把竹篮放在膝盖和怀里来做。我人小，当然没那么大的怀可以放下竹篮那个雏形，父亲便找来一个木墩子让我放在上面做着玩。

慢慢地父亲见我边玩边做的形状马马虎虎能看了，就让我在他编制一半的竹篮上去实际操作。就这样，编制竹篮子的程序和方法我也就慢慢地掌握了。但由于我人小，花不了竹子，父亲就给我花好篾条，我则学着父亲的样子编制出竹篮子，再经父亲进一步加工，混在父亲的成品中，竟也卖出去了。我们那里是逢阳历三、六、九赶集，每次父亲卖竹篮回来，便分给我一毛两毛，我则高兴得不得了。钱我就让妈妈给我攒着——那个时候山上也根本就花不出去钱。

我好像是七岁多上的学，在我上学时，竹篮子的编制手艺基本也掌握了。而一段时间存的毛票，等开学的时候拿出来，好像也差不了多少就够了开学报名的费用——那个时候，开学报名也就两三块钱。

后来，好像是上三年级的时候吧，篾条我也能单独花了。因此放学后、假日里，编竹篮子也就成了我主要的事。

竹篮子编制好，再拿到街上去卖，能卖出去也是比较难的。记得开始几年还可以，每个篮子能卖一块二，大多卖给高寨子的竹器商贩。开始卖给一位姓蒋的商贩，这个商贩买东西干脆利落，每次只要拿上街，他都会全部留下，把钱全部付清。不过那个时候一般就是每次逢集能拿五六个，最多的时候也就十个。我则跟在父亲的屁股后面，只要看到那个蒋叔叔就很开心，因为竹篮子可以全部卖给他。

但后来不知道为什么，蒋叔叔不做商贩了，我们的竹篮一下子就卖不出去了。卖给当地人,他们总是挑三拣四,在那里谈论半天,最后还是不买走人。更让我意外的是不知道父亲哪来那么多亲戚朋友,总是对父亲说:"过两天我砍几根竹子给你,帮我编一个。"父亲则满口答应下来,有的父亲还真会给编,但每到那时,我心里则十分不痛快。本来都卖不出去,还遇到这样的人——我心里嘀咕着。

而每次一大早拿着五个篮子上街,下午又拿着五个回家,也就有些沮丧,在从街上往家走的两公里的山路上也就不再像以前那么说说笑笑、蹦蹦跳跳了。以前在路上最爱去摘的野草莓、刺莓、五味子、八月瓜、红果子,还有那每次必须去喝的山泉水,都似乎有些索然无味了。

后来,又有一个姓刘的商贩愿意买我们的竹篮子,但他出价只给一块一毛钱一个,甚至有时候还要欠账,第二次逢集才给我们钱。可惜除了他,没有人愿意买。有的时候就僵持着,到下午五点,街上的人都走得差不多了,那个时候就看运气了。他如果买的东西似乎还不够多,就会一块一毛五分钱一个买走我们的东西;如果他已经买的差不多了,他就问一块钱一个卖不卖。我心里那个千万个舍不得,但如果父亲不在,我就一拍手、一跺脚、一狠心就卖给他了,拿着那几块钱,不知道是喜还是忧。但父亲在场是万万不会卖给他的,而我卖给他回头也是要遭父亲责备的。吃一堑长一智,第二次刘叔叔再给我一块钱一个我就说什么也不卖给他了。他看我坚持着没戏就会加五分钱——一块零五分一个,见他加钱,我就又卖给他了。其实那好长一段时间,能卖一块一或者一块零五分也算是好价钱了,少了那份拿着几个上街又拿着几个回家的沮丧。

后来,父亲不知道从哪里得知我们临近的乡镇高寨子竹篮子价钱卖得不错,我们就又将卖场转移到高寨子。高寨子每逢偶数的日子开集,我们一家三人:父亲、哥哥、我,就加紧编制。确定到高寨子去赶一趟集的时候,就经过半个月时间的赶工,父亲凑到有二十来个,哥哥能凑到十五个左右,我也能有十个左右——多了我也扛不动。

决定去高寨子赶集的那天,我们得早早起床。那时天还是黑的,父亲把我们各自的成果捆扎好,母亲则做好饭。吃过饭之后,我们就打着火把出发,三个人扛着各自的篮子,顺着羊肠小路,翻过天天能看到的那座远远的耸入天际的，我们叫"马面山"的大山，然后又是下山，可能要走三四个小时，看到有公路有人家的时候，离高寨子集市就不远了。

高寨子确实是卖竹篮子的好地方，在那里，我们看到了在我们街上被买走的众多东西都在那儿卖。我们便寻一块空地，摆好我们的篮子，等一会儿，便会有人来问价，我们一般说两块五一个。有的买主一讲价，我们就答应两块钱一个，结果他们一窝蜂地抢，东西就这样卖完了，我们便去吃个一块钱一碗的面条，然后又乐滋滋地爬上那座高高的山，再下山，经过几个小时筋疲力尽的跋涉，在月上半空的时候才回到家。

第一次的满载而归让我们尝到了甜头，又过了半个月，我们又凑了一些竹篮，这次是我和父亲一起去的高寨子集市。当我们放下竹篮时，又像第一次来的那样，又是一窝蜂地一阵抢，我和父亲都忙不过来了。竹篮一会儿就卖完了，但一数手里的钱，却怎么也不对，与预计卖的钱少了好多。正在不知道怎么回事时，旁边的商贩告诉我们："你们只顾着收钱，有的人拿着竹篮就走了，钱都没给你们。而且你们卖得那么便宜，这街上都卖三块钱一个的。"父亲一听，顿时有些火气："这些砍脑壳的[①]，钱都不给，这不是抢嘛！"但看着熙熙攘攘的人群，却一片茫然。

回去的路上，自然少了上次的兴高采烈，父亲骂着那些不给钱就拿走东西的人，也骂着那些商贩，竟那么狠，我们编了半天才一块多钱，他们拿过来竟要卖三块钱一个！

高寨子第二次赶集的经历给我们留下了阴影，后来我们就不再去了。再后来，我们又去铁锁关集市、毛坝河集市、水天平集市。不过一般都是哥哥和父亲一起去，我很少去过，毛坝河集市我是一次都没有去过。

卖竹篮子所得的钱也全部由我支配，我可以买点零食。不过那个时候我们能买的零食也就是五分钱一包的瓜子，一分钱一颗的糖，买的最贵的就是那个两块五毛钱的电子手表了。我一般把钱攒起来。我偷偷将父亲准备做木桶的木板钉成一个四四方方的木盒子，再在旁边开个小缝，有零用钱就塞到里面。每学期开学时，就用根铁丝慢慢地钩出来一些。当然，父亲每学期开学的时候也会给我一些钱让我去报名，因此钩那个木盒子里钱的时候还是少，

[①]砍脑壳的：方言，砍头的，老百姓诅咒别人时常这样说。

偶尔去钩，也是想买点儿零食才去费那九牛二虎之力。但钩出来就有些后悔了，就少买点零食，剩余的就又放回去。

那个盒子一直在我上完小学都没被撬开过。

一九九七年九月，我得到铁锁关上学了，那个盒子终于被撬开，我整理了一下，竟有四百多块钱，但面值最大的也就十元。不过，那一学期学杂费交了三百五十几块钱。父亲给了我两百多，我自己又添了些，这次可能是我花钱最多的一次，也是我的"小金库"遭受前所未有"洗劫"的一次。

上中学后，便少了编制竹篮的时间，只有周末才有机会。但因为学校离家远，有二三十公里，周五放学我和同学们一起乘七八公里的车，然后就开始步行爬山，翻过白家崖那高高的连绵的山峦，然后一路小跑，回到家基本也是天黑了，只有周六可以编制一阵竹篮。但在学校因为天天早起，周末就想睡个懒觉，因此也没多大成果。周日又得早早往学校走，又是爬山，又是下山，然后若能等到小客车就乘坐到学校，也有直接走到学校的时候。

不过在周末，我却发现父亲除去干农活，编制竹篮的时间比过去更多了，只要放下锄头，手里便又拿起了篾刀、竹子。晚上要到很晚，有时候看看表，已经两点了，却还听见父亲用篾刀花开竹子的声音。那时候父亲每周给我十块钱的生活费，我们得从家里自己带米到学校，交到学校食堂，然后领饭票去打饭。学校也有几家私人的食堂，我和几个要好的同学爱到一个姓白的家开的食堂去吃饭，米饭四毛钱一份，土豆丝也是四毛一份，也有一块钱一份的菜，但兜里钱有限，一般不吃。不过，白家食堂可以欠账，但说实在的，父亲给我的生活费没有哪周有结余，除去乘车的两块钱，剩下的每周都会出现"赤字"，便就欠着，而慢慢地欠账的数目也就会累计得多起来。但若一学期结束结不清欠账，就要等到新的一学期开学。

因此，我在两个长长的假期中会加紧编制竹篮。我一般给自己定有目标：寒假五十个，暑假一百个。目标一般能完成，但完成了能卖出去却是最大的愿望，最后到开学时总是会积压一半在家里。后来我便托其他乡镇的亲戚帮我卖，也是好久卖不出去。但卖出去的钱基本在结清上学期所欠生活费后也就所剩无几了。

鸳鸯池往事

　　不过说实在的，编制竹篮确实是我们家那些年的主要经济来源之一。我们家有两大经济来源：一个是父母种的应该连他们自己都不知道到底有多宽面积的庄稼地，每年玉米、土豆、黄豆总有些要卖了来维持生计；另一大经济来源就是编制竹篮子或者竹席。当然，后来我上了汉师以后，又多了一个经济来源，那就是借钱——但那时候钱也是不好借的，因此编制竹篮还是我们家的主要经济来源，而且是最主要的经济来源。父亲的熬更守夜也验证了这一点。

　　现在，父亲去了，他首创的编制竹篮子的手艺完完全全地传给了我和哥哥，但我却很少再拿起篾刀，拿起竹子。只是哥哥在不忙的时候会编制一些，听他说竹篮现在已经卖到二十五块一个了。
　　老家门前的那片竹林在父亲去世那年也开了花，记得父亲曾告诉我说："竹子开花不好，开花了竹子就败了。"真的，那年竹子开花之后，那么旺盛的竹林一下子就全枯萎了。父亲，也在那年离我们去了。
　　但留在记忆中的那片竹林依旧那么旺盛，编制竹篮的手法依旧那么熟练，篾刀拿在手里依旧那么熟悉，和父亲一起花竹子的那段时光也依旧那么清晰。

35

父亲是个泥瓦匠

2016-4-21

父亲虽是个朴素的农民，但他会的东西却很多，这里说说他做泥瓦匠的一些事情。

父亲的泥瓦匠身份，那是名副其实的。但他和现在所说的泥瓦匠不一样。父亲不会砌砖，也不是建筑工人，他是真正用黏土做成了盖在房顶的瓦。

每每记起父亲的泥瓦匠身份，便不由自主地想起小学学过的一首诗：

陶者

陶尽门前土，

屋上无片瓦。

十指不沾泥，

鳞鳞居大厦。

不过父亲却没有遭遇过"屋上无片瓦"的窘境。父亲从什么时候开始做泥瓦匠的我不知道，只知道很小的时候，太阳升起快到中天，母亲便让我去"瓦窑梁上"①叫父亲回来吃早饭。我们家离"瓦窑梁上"有一里路的样子，一路上都被葱翠的松林掩盖，我有些害怕，便把家里的大黄狗唤上。它很听话，只要一唤便跟我走。它要么摇着尾巴在我前面走走停停，要么走在后面，一会儿到草丛里嗅嗅，一会儿又快跑几步

---

①瓦窑梁上：地名，因父亲在那里做泥瓦并建有瓦窑而得名。

36

来追我。

我们先一起穿过房后的松林,然后走一段平路,再爬一段坡。我最怕爬那段坡,那段坡不仅有石子,而且爬起来还很累人。但那段坡上却有让我向往的东西。因为是夏季,林子里长起来一种伞状的植物,有近一尺高,茎有筷子那么粗,顶端一圈细长的叶子整齐地向外伸展,形成一个直径有十厘米的小伞,煞是好看。我每次路过都想去采一棵,拿在手上,一来可以遮遮当空的烈日,二来是想有种打伞那样的感觉。因为这,我不再那么惧怕那段石子上坡路了,可是我又怕林子里有蛇,也一直不敢进林子里去采。终于有一次,我竟然在路边发现了两棵这样的植物,我欣喜若狂,可是我再怎么拉、扯、掐,就是弄不断它们的茎,最后把它们的茎都弄开裂了。它们匍匐在地上,连那伞状的叶片都被糟蹋得不成样子,可它们就是不愿意离开大地的怀抱。我只好快快地离开它们去叫父亲回家吃饭。

有一天,我终于想了个办法。在一处离小路有两米左右的地方我又看到一棵那样的植物,站在那里,昂首挺胸。我见那周围杂草不是太多,就先叫我们家的大黄狗去那草丛里转悠一下。它很配合地在那棵植物周围跑了一圈,又嗅了嗅,没什么反应,然后就钻进林子深处去了。我见状,又捡起路边的石子往草丛里投了几块,见还是没什么反应,便壮着胆子爬进草丛,爬到那棵植物跟前,发现它比我见过的这种植物都要好看。我便拨开它周围的杂草——怎么弄断呢?这又成了难题。我见草丛中留着我刚才投进来的石子,便捡起两个个头大点儿的,一手拿一个,把植物的根部夹在两个石子中间,对准了往一起磕碰,想把它的茎砸断。我砸了好多下,甚至还砸到了手,但也顾不了疼了。不知道砸了十下,还是二十下,终于,在浑身出汗的时候砸断了那棵植物的根部。当它脱离大地怀抱的那一刻,我激动万分,一把把它拾起来,感觉多久的愿望终于在这一刻实现了。这时也才发现,手指竟然流出了血。

我双手握着那棵植物的茎,把它举过头顶。走在路上,觉得当空的烈日也不那么晒了。尽管浑身都流着汗,汗滴顺着脸颊往下滴,却也不那么热了。

当我走到父亲跟前的时候,父亲正在忙着制作泥瓦坯子。他腰间围着一张塑料纸当围裙,上面是厚厚的一层泥,他的衣服上,脸上,头发上,都是

一个挨着一个的泥点子。父亲光着脚板在那儿忙着：他一只手握着一个桶状的泥瓦模子的提手，一只手用一个带弧度的铁抹子在泥坯上上下快速地抹着，有时还会用抹子蘸些水，啪啪地用力拍几下。在拍的时候，无数的泥点子就会迸溅开来，一部分落到地上，一部分落在父亲身上。

父亲见我拿着那种植物，便说："耍那干啥？耍不得！"我一听，以为这种植物有毒呢，便赶快扔掉。内心却充满着遗憾和失望：这么好看的一种植物，却怎么耍不得呢？

回去的路上，我走前面，父亲走后面，我们家的大黄狗又从林子里窜出来，一路往前面跑了。我穿着鞋子在前面连蹦带跳，父亲光着脚板在后面踩着石子路，发出吱吱的响声。

吃过饭后，父亲又去开始他的泥瓦活了。

泥瓦活是件既费时间又费体力的活计。先是选地方，做泥瓦活的地方得有土质细腻且有黏性的黄土，含沙子或者石子太多的土质则不宜做泥瓦。因此"瓦窑梁上"便成了做泥瓦活的阵地。不过，"瓦窑梁上"估计也是父亲他们开始在那里做泥瓦以后才荣获此名的。

选好地方，接着就是挖泥土。把有黏性的黄土挖松，大块的都要用锄头敲碎，就这样边挖边敲，大概要挖够一窑瓦的泥土，然后还要用薅锄把泥土片得细细的。这算是完成了备泥土的过程。

接着是发酵泥土，给泥土浇上适量的水。这个过程父亲很有经验，把水均匀地浇到摊开的泥土上。因为水浇多了，泥土就成了稀泥，接下去的程序就做不了；水浇少了，则起不到发酵的效果，因此一定要把握好水量。烈日当头照，浇水的工作就要不间断地进行，这样过两天左右，便可以踩泥了。踩泥很有趣，因为这个程序还需要我们家那头个头很大的黑牛参与。我们家那头黑牛不但个头大，脾气也很大，除了父亲、哥哥和我能近到它身前，其他人靠近它，它是会发脾气的。它发起脾气来就会踢人或者疯跑，怎么也拿它没办法。可是它对我却很温顺，我让它卧着它就卧着，我就拔青草给它吃，它吃草的时候还会用它粗粗的舌头在我的手上舔舔，虽不舒服，但有那份亲切感，我也任它舔几下。它吃草时我还可以在它身上爬上爬下，给它捉身上的蜱虫，给它挠痒痒，它眯瞪着双眼表现出还挺享受的样子。

　　父亲牵着黑牛在泥土里打着圈儿走动的时候，我会跟在牛屁股后边，顺着它留下的蹄印走着。因为开始是生泥，泥土的柔软性还没有被踩出来，所以光着脚板踩在上面脚就很疼。但待把泥土的柔软性踩出来以后，泥土就很黏，黏在脚上很不好洗掉。最怕的就是遇到黑牛走着走着忽然哗哗哗哗地尿起尿来，臭得熏人，加上烈日当空，我玩不了多久就会躲进父亲晾存泥瓦坯子的棚子里，或者干脆溜回家。

　　踩泥需要一上午的时间，因此踩泥的这天早上，父亲吃饭就比较晚，要到中午甚至更晚，因为踩泥要一气呵成，不能中途停下来。把泥踩到柔软性和黏性都合适的时候，还要把踩好的瓦泥收集到一起。收集瓦泥的时候锄头是用不上了，这个时候得用泥弓。泥弓就是把一根细钢丝绷在一根压弯了的木棍上，因和弓极其相似而得名泥弓。把泥弓一头使劲插入已经踩好的泥里，然后拉住另一头一旋转，就会分离出一块瓦泥来。切多大块完全取决于搬动瓦泥的人力气的大小，我能搬一小块，父亲能搬好大一块。把踩好的泥就这样一次又一次地搬到一起，搬的过程中还是一边搬一边踩，要把搬到一起的瓦泥踩实，不能在中间留下空隙。最终垒成一个白面馒头一样形状的大大的泥堆，然后还要给它盖上几层塑料薄膜，这样踩泥的程序才算完成。

　　接下来的程序叫"垒墙子"。"垒墙子"是从之前堆成的"大馒头"上用泥弓切下来一块一块的瓦泥，然后搬到离做瓦坯近一点的地方，又是经历很长时间的踩。这时的踩全是人工用光脚板踩，踩到估计瓦泥没有比较大的空隙了，再用泥弓把周围多出来的泥切下来，中间只留一个近一米长、三十厘米宽的长方体，长方体的高度就是一点一点地垒起来的，最后垒成一个近一米高的长方体泥墙，因此叫"垒墙子"。有时候也见父亲垒过更高的泥墙，和他一米七的身高差不多，但再高就不行了，再高的泥墙或许会倒的。

　　"垒墙子"过程中最有意思的一个环节就是"拍泥墙"。"拍泥墙"是防止瓦泥没有完全挨紧而中间留有空隙。如果留有空隙的话制作泥坯时就会有大小不一的洞，需要用小块泥去补，很费时间。"拍泥墙"的时候一般是右手握紧泥弓，看哪儿有不够平整凸出来的瓦泥，再用左手一巴掌拍上去，紧接着右手握的泥弓再平平地切过去，切下来的一小片瓦泥就平贴在左手掌上，然后顺势将这一小片瓦泥又拍在有凹陷或者看起来有小空隙的地方，右手的泥弓就又平切过去，多余的瓦泥片就又贴在手掌上，如此往复。之间夹杂着手拍上去的啪啪的声音，泥弓切割瓦泥发出的嗡嗡嗡的声音，构成一曲和谐的交响曲，映着头顶的阳光，伴着周围林子里的鸟鸣。父亲"拍泥墙"还可以左右手轮换，动作协调且熟练，节奏统一而和谐。"拍泥墙" 我后来好像也学会了，拍起来还挺像那么回事，但我却只能用左手拍。

等泥墙垒好后就可以做瓦坯桶了。做瓦坯桶用到的工具有车盘、瓦桶模、瓦衣、抹子、小泥弓和切割工具。车盘是用木头做成的，在一个大圆盘上放上一个小圆盘。大圆盘的直径要比小圆盘大得多，用于支撑整个瓦桶模和做瓦坯桶；小圆盘的直径和瓦桶模大口径一样大，用于固定瓦桶模。车盘有两只"脚"，两"脚"最下端有一小木板连接，木板中间有个圆洞，要将它套在插入泥土的一根木棒上。木棒的高度与做瓦坯桶的人身高相宜，木棒的顶端要削成尖头，顶在大圆盘背面的凹陷处。车盘可以三百六十度转动，这也是做瓦坯桶时要一圈一圈转动瓦桶模所需要的。瓦桶模是用很多根细长且一头宽一头窄点的木条连接而成的。木条与木条之间用两头尖的竹钉串在一起，使整个瓦桶模形成一个一头大一头小的圆台形，与规则圆台形不同的是小头处有一条提手。提手由两根较长的木条构成，大头处与底端一样长，小头处则要长出去十多厘米，再做成弧形以便抓手。而且这两根木条是不用竹钉串联的，因此瓦桶模还可以有一定的收缩空间，便于穿瓦衣和脱瓦坯桶。瓦衣是用布做成的一件围裙一样的闭合的"桶裙"，一头用竹丝编成一个圆环，将"桶裙"的一头用针缝在竹丝圆环上，一件瓦衣就做成了。瓦衣也是一头大一头小，将它套在瓦桶模上，几乎与瓦桶模一样大，用于制作瓦坯桶时将瓦坯桶从瓦桶模上剥离。抹子是用大约半毫米厚的钢片做成的，有一定的弧度，弧度与瓦坯桶曲度接近。瓦坯做得好不好，抹子起到很重要的作用。小泥弓是先用木条钉成一个"工"字形，再在"工"字的两端拉紧一根细钢丝，主要用于从泥墙上一层一层地切割制作瓦坯桶的瓦泥片，没拉钢丝的一面则用于平整泥墙。切割工具主要用于瓦坯桶用抹子抹光完成后切去多余的泥，通过这样一切割，瓦坯桶的高度就一致了。它是在一根大约四十厘米长的竹子的一定高度卡入一块薄点儿的竹片做成的，卡竹片的位置就是瓦坯桶的高度。

做瓦坯桶的过程是一系列连贯的动作。先将瓦衣套在瓦桶模上，套瓦衣时需要两手握住瓦桶模的两端，捏住瓦桶模接口处，双手用力将接口处对齐，同时甩一甩瓦桶模，瓦桶模就合上了，瓦衣也紧紧地平整地绷在瓦桶模上。然后将瓦桶模放在车盘上，拿起小泥弓，在没有绷钢丝的一面浇一点儿水，再在泥墙上端浇一点儿水，用小泥弓在泥墙顶端来回擀两下，泥墙顶端就平滑了。因为这是瓦坯桶的内壁，瓦坯烧制完成后盖房用作沟瓦淌雨水的一面，因此如果不够平滑，盖在房上就会漏雨。把泥墙一面抹平滑后，再将小泥弓翻过身，使带钢丝的一面朝下，因为钢丝与"工"字小泥弓中间有一定距离，因此这个距离就是切下来的瓦泥片的厚度。用力将小泥弓从泥墙这头拉到那头，钢丝从泥墙里面划过，一张做瓦坯桶的瓦泥片就切成了。瓦泥片是软的，有近一米长。父亲两手伸开，分别托住瓦泥片的两端，将它小心翼翼地从泥墙上托下来，像是捧着自己的婴孩宝宝一样，生怕一不留神，瓦泥片从某处断裂。然后父亲走到车盘旁，将瓦泥片围在瓦桶模上。接着父亲左手将其接口处扶住，右手用抹子蘸上少许水，啪啪啪拍几下，先将接口的一头基本固定在瓦桶模上，然后上下抹几下，再蘸少许水，上上下下抹光泥片的外层。因为瓦桶模是一头大一头小的圆台形，而切下来的泥片则基本是长方体，所以当抹完一圈后，泥片在上的地方就会多出一角，这时便用抹子切去多余的一角，再蘸上水，啪啪啪使劲拍上去，使接头处结合紧密，这样瓦泥片就围住瓦桶模了。这第一张瓦泥片还能检验泥墙的长度和宽度，长了宽了都可以将整个泥墙切去一些，最终使切下来的瓦泥片刚好做成一个瓦坯桶。抹完第一周还不算完成，还需要用抹子蘸水继续抹上一周，这时泥坯的外层就抹光了。然后拿来切割工具，用上面的卡片稍稍用力，插入泥坯，卡片伸出来的长度和泥坯的厚度也是刚刚好。抓住瓦桶模提手，顺势一转，车盘便带动整个瓦桶模和泥坯，转过优美的一圈，除切割了多余的泥片，还把泥坯外层多余的泥和水通过竖起来的竹子一并刮干净了，再用手扯掉切割后多余的泥条。这一道程序算是告一段落了。整道工序连贯利落、一气呵成，而在整个过程中，飞溅的泥浆伴着车盘转动的吱吱唔唔声，抹子抹动泥坯的咚咚啪啪声，溅到父亲的衣服上、脸上、头发上。

接下来的程序就是晾晒瓦坯桶，把刚才做好的瓦坯桶连同瓦桶模一起，

提着提手走到几步远的平坝，平坝上撒有沙粒，瓦坯桶就放在沙粒上面，以免和地面的泥土黏在一起，便于泥瓦晾干后收拢。将瓦桶模放在沙子上，掰动提手接口处，瓦桶模接口分开，向内稍微收拢，瓦桶模直径变小，就可以取出瓦桶模。如果瓦坯桶不是很软，便可一并取出瓦衣；如果瓦坯桶很软，得要稍过会儿取出瓦衣。瓦衣一般有两件，因此可以交替使用。

瓦坯桶一天能做五十个左右，做多了不行。泥瓦匠靠天吃饭，一定要在晴天做，太阳要大，但又要防止暴晒将瓦坯桶晒裂。父亲做泥瓦的那些天，总是晒得又黑又瘦。到了下午，晾晒的瓦坯桶已经定型了，有的已经泛着灰白的土色，这个时候需要把一半的瓦坯桶垂直翻转一百八十度，就是将瓦坯桶的小头朝下。这个翻转过程既要看好瓦坯桶的干燥程度，又要把持好手上的力度。翻转时先将双手十指伸开，虎口朝下叉开，握住瓦坯桶的小头，同时翻动手腕，瓦坯桶大头就朝上了，然后双手伸平端住瓦坯桶，轻轻平放在地上。如果干燥度和力度把握不好，瓦坯桶就会翻报废了，没办法弥补，就完全没用了。待翻好一个瓦坯桶，就从地上提起另一个没有翻转的瓦坯桶，轻轻地放在上面，这样瓦坯桶的两个大头就在一起重合了，两只组合的瓦坯桶就形成了一个中间粗两头细的腰鼓模样。等翻好组合好后，就一组一组地把它们端进晾存瓦坯的棚子里，我们称那个棚子为瓦棚。如果干燥度好一些，还可以像金字塔一样把那些组合的腰鼓模样的瓦坯桶一层层架起来，这样做既利于晾干，也将空间省出来了。

当然，如果有时候没有把握好时机或者天气变化，到下午瓦坯桶干燥度不好，不能翻也无法搬动，就只得用塑料薄膜盖住，并祈求老天爷不要在夜间下雨。因为一遇到夜间下雨，瓦桶坯基本就报废了。最头疼的是那个时候无法得到天气预报的信息，早上天气还好好的，中午做出的好些瓦坯桶还晾晒在那儿，忽然风起云涌，乌云密布，大雨顷刻而至，那做好的瓦坯桶就是盖也不起作用了。看着雨水冲着地面的沙粒，瓦坯桶一个个在雨水的冲刷下慢慢瘫软下去，成为一摊烂泥，父亲只能抽着旱烟惆怅地望着，目光中是满满的不舍又无可奈何，大半天的功夫就这样功亏一篑了。

待瓦坯桶在瓦棚里晾得足够干燥时，就可以"打瓦坯"了。"打瓦坯"是将晾干的瓦坯桶拍成四片基本一样的瓦片。因为瓦桶模上有四条等距离的凸起的木条，因此做成的瓦坯桶内壁就会有四条等距离的凹槽。打瓦坯时，双手十指伸开成掌，用适中的力度拍凹槽处，瓦坯桶就会从凹槽处裂开，一个完整的瓦坯桶就会分成四块一样大的瓦片了。当然打瓦坯也会因为用力稍大或者拍的位置不对，瓦片没有从凹槽处裂开，那就造成至少两片瓦片的报废，甚至整个四片都报废了，这是没法弥补的。将瓦坯桶拍成瓦片后，便可以把它们摞起来，摞很长很高，这样腾出空间，以便存放接下来做成的瓦坯桶。

待瓦片存到一定程度时，便可以"烧瓦"了。一窑瓦要烧多少瓦坯，父亲好像说是七千。七千到底是什么概念，那时候完全不明白。即使后来上学了，七千瓦坯对我来说也是个模糊的概念。

"烧瓦"最关键的是燃料的问题。父亲烧瓦不用煤，而是用木柴。木柴也是有讲究的，据说最好用的是松树树枝，易燃且火苗高、火势大。松树树枝要从树上直接剔下来（砍松树枝我们叫"剔柴"），上面带有松针，晒干后松针依然连在树枝上。父亲最早准备的便是烧窑用的木柴。自己家的山林里松树有限，父亲便去求邻村的几家有松树林的，他们也挺好说话，便答应父亲想从他们的山林里剔柴的想法。父亲每个早上就穿梭在松树林里，爬上这棵树剔几根下来，爬上那棵树剔几根下来。记忆中父亲剔柴没有用过梯子，全是徒手爬每棵树，那些树一般都长得好高，不知道父亲是怎样爬上去的。父亲从树上剔下来的柴散落一地，是需要把它们捡在一起放整齐，用一种韧性好的小树条捆成一捆一捆的。一窑瓦我听说需要那样很大捆的松树树枝一百多捆。

父亲一早去剔柴，我睡醒起床后，母亲也快把饭做好了，便跟我说父亲在哪一块山林剔柴，让我去叫父亲吃饭。我便又唤上我家的大黄狗，一起跑到父亲剔柴的那片松林的山梁。阳光照着，我却分不清东南西北，只得扯着嗓子喊："爸爸，爸爸，吃饭了！"

山风带着我的声音带着飘散开去，喊几声后，便听见父亲浑厚的回音："哦，知道了，就回来了！"

我听着父亲的回音，大概辨别着方向，便在预计他回家所经过的地方和大黄狗一起等着他。过一会儿，父亲啪啪的脚步声就到了跟前。他满脸汗水，脸庞晒得黝黑，头上还顶着一些树叶和草叶。父亲一手握着镰刀，一手还会

拿着一些小树枝。我是最喜欢看到父亲拿着小树枝的了,因为那是从树林里带回来的一些可以吃的东西,我们叫"牛奶子""莐香子"①。这两样东西都是红色的果子,"牛奶子"大一些,也要甜一些,但树林里却长得少。我接过父亲拿回来的美味果子,走在他前面,边走边吃,我们家的大黄狗则走在父亲后边,摇着尾巴陪着我们一起回家。

等柴砍得差不多了,就将它们搬到一起晒在山上。当一窑的瓦坯做够了,柴也基本上褪去了绿色,穿上了红黄色的"衣服"了,这时用来烧瓦就刚刚好。

接着就是装窑的程序。瓦窑选的地势也很讲究。首先是造窑的土质,最好是黄土,含沙或含石子少。再就是地势,地势高度将近三米,最好窑前面有平地便于存放烧窑的木柴。造窑是件很辛苦的事,从上面往下挖,像打直井一样,要挖一个直径两米多、深度近三米的圆柱体深坑。待挖好后就是开窑门了,开窑门就是从外向内或者同时从内向外挖通一道顶端为半圆形的门洞。门洞主要便于烧窑添柴和最后熄灭刨出来的木炭。挖窑这些工程无法用现代工具,那时也没有现代机械,父亲就全靠着一把锄头、一把铲子、一只撮箕,全人工完成。

待该挖的都挖好后,便是"拱桥子"。"拱桥子"就是用一块一块的土砖在圆柱形窑的底部垒成像桥洞一样的结构。土砖也是用木架子一块一块用土和杵子筑成的,将这些土砖按照一定的规划用稀泥结合砌成"桥洞"。"桥洞"下面用于添加木柴烧瓦,"桥面"是平的,"桥面"以上空间就用于装瓦坯。

"烧瓦"的那几天是最热闹的时候,帮忙的人多,背柴的背柴,运瓦坯的运瓦坯,装窑的装窑,做饭的做饭……十几个人几十个人的都有。父亲则负责装窑,因为装窑算是件需要经验和技术的活,瓦烧出来好不好,装窑就很关键。人们把瓦坯运到窑边,三片四片一起递给在窑里的父亲,父亲接过去,很仔细地把它们按一定顺序放得整整齐齐的。瓦坯需要装很多层(父亲他们把一层叫一平),但每一层装的方式是不一样的。第一层是从中心向四周呈环状一圈圈延伸出去,直到装满整层,第二层就是成行成列地装,或者先装个"十"字形,然后填上四块空白。父亲装窑,我爱趴在窑沿上看,看着父亲装成的不同图案,觉得美丽极了。

---

①莐香子:当地叫法,即胡秃子,果熟红色,味甜可食。

窑装好就可以点火烧瓦了。点火有一个很神圣的仪式,由父亲亲自操持。先在窑门口点上三炷香,毕恭毕敬地插在地上,然后点燃纸钱,纸钱烧得正旺时,还需要斟上三杯酒,淋在地上。听人说这样的程序与掌管烧窑的人有很大关系,做不好,瓦有可能会烧报废,甚至烧三天三夜也没有什么动静,因此还有一些关于父亲烧窑的很神秘的传说。我没有跟父亲考证过,但我倒是见证过很多次父亲关于袁天罡的卦象,算得还是挺准的,因而觉得父亲既神秘又了不起。这些程序做完后,人群中便有人喊:"点火!"之后便将一整捆干燥的松树柴点着了,再用一根很长的带叉子的木杆子顶进窑洞里。熊熊的火焰伴着缕缕青烟和木柴烧着的噼噼啪啪声燃起来了,窑门口帮忙的人们脸上都挂着笑。

窑要不间断地烧两天一夜,也有烧两天两夜的。整个过程中,父亲一直坚守在窑门口,或者不时查看窑上的情况,一刻也不马虎,吃饭时也要端着碗盯着。夜间最多在窑门口打个盹儿,甚至整夜不合眼。添柴是几个人轮流上阵,一个人负责一阵子。虽然柴是在窑洞里燃烧,但火苗也会从窑门口窜出来,再加上大火一直烧,整个窑周围便是热气腾腾。因此添柴的人总坚持不了多久就汗流浃背,加上飘落的烟尘落在脸上,乌汗长流,个个都成了"包青天"。

待火烧了一段时间后,窑上一个两米多粗的庞大烟柱就直冲云霄。这段时间比较长,似乎要占整个烧窑时间的一半。烟柱的颜色也是有变化的,开始是灰白色,慢慢地变成了深黑色。烧窑对烟柱的颜色变化认识也有经验积累,烟柱颜色变化到一定程度就可以在窑上用火把点火了。这是烧窑过程中两次点火的第一次,第一次点火称为"毛火",第二次点火称为"青火"。当第一次用火把在窑上点出火苗后,窑上一圈最终都会燃起熊熊烈火,这说明瓦坯已经整个烧透了。那情景着实壮观,但也很烤很热。我们见父亲用火把去点火,便也用稻草去点着玩。记得后来几次烧窑,我们几个孩子就以我为首早早地用稻草去点火,真是意外,按原来烧瓦的时间应该还没有到点火的时候,我们几个孩子竟然把火苗给点起来了,我们就在窑上欢呼着、跳跃着。那几次竟然缩短了烧窑的总时间,烧出来的瓦的质量却一点儿也没下降。

点完一圈"毛火"后,便要在窑上铺一层泥土,逐渐掩盖住原来还裸露在外边的瓦坯。再烧一阵，就又可以点火了，即点"青火"。当再一次点完一圈火后，烧窑也接近了尾声，慢慢地添柴人的动作就可以放慢一些。窑上则开始填土，填厚厚的一层土，最后做成一个四周高、中间低的"田子"。"田子"里面是要加水的，而且水一直要保持两三天。"田子"做得差不多了，就可以封窑门了。封窑门就是用土砖和稀泥把窑门口堵得严严实实、密不透风，让窑里的火熄灭，同时还可以收集一些木炭。

　　这样，烧窑就结束了。接下来的几天，父亲便在窑上和窑门口巡视，看窑上"田子"里的水少了没有，温度变化怎么样，看窑门口是否密闭得好，有没有漏风的现象。

　　两三天后便可以"出炭子"了。"出炭子"就是将封闭在窑门口的土砖搬开，将窑洞里面的木炭刨出来。这又是一项很辛苦的活计，烧窑留下的余热未了，木炭也没有完全熄灭，炭灰飞扬，一会儿就浑身是烟尘，全身汗水直流，那滋味肯定有的受。但之所以这么着急"出炭子"，就是担心窑门封闭不好，里面的木炭化为灰烬，同时整窑瓦的温度也下降得很慢，这样瓦出窑的时间也会有所推迟。

　　"炭子"出完后，慢慢地"田子"里的水也蒸发干了，这时就不用加水了，再过几天就可以"出窑"了。这个时候就能真正叫"瓦"了，可以直接盖上房，遮风挡雨。"出窑"的时间也和卖瓦有直接联系，如果买主要得急，便要及时"出窑"，有时甚至窑内还是热乎乎的，但只要瓦不烫手，就及时把瓦从窑里面搬出来。从窑里搬出来的瓦按二十片一摞放好，最上面父亲用黄土块写上数字：一、二、三、四……便于计数。

　　当然，父亲做出来的瓦也不是全部都卖掉，我们家盖房的瓦就是父亲亲自做出来的，估计全部有几万片。

　　烧出来的一窑瓦虽有七千片，但烧瓦过程中也有损耗，最后卖出去的也只有六千多片。那时单价好像是二分钱或者二分五一片，因此一窑瓦也就卖一百多块钱，却要前后历经三四个月时间，还必须天公作美。

　　后来瓦的需求量慢慢少了，父亲做成的好多瓦坯也就积存在那里，最终也没有烧成瓦，院子里那个黏泥垒成的"大馒头"也成了我们玩耍的道具了。

鸳鸯池往事

  随着社会的发展，各种颜色鲜艳的琉璃瓦走进千家万户，盖成阔气的三四层楼房，父亲泥瓦匠的身份也就慢慢地湮没在社会发展的浪潮中，以至于人们似乎忘记了他作为泥瓦匠的身份了。现在他做泥瓦匠的手艺也随他一起去了另一个世界。

小学那段时光

2013-4

那一年，我正读小学六年级，还未进入冬季，天气却一天比一天冷。一天，我放学回家吃午饭，远远地就看见我家房屋上还没有升起炊烟。爸爸一定又不在，我心里又嘀咕开了，别的孩子每天都有父母给做出可口的饭菜，等他们放学回家，他们就可以尽情地享受美味佳肴，而我从上小学一年级开始就得每天回家自己做饭。不过还好，我在一到三年级这段时间里，哥哥也在上学，因此每天放学后我们可以一起把饭做好。但也有例外的时候，那就是我与哥哥闹了矛盾，于是我们便各自另起锅灶，或者他放学后爬山回老家吃饭。老家距学校来回五六公里，当然，得跑快一点，不然中午上课就得迟到。上了四年级，哥哥初中毕业了，我当然还得继续上学，于是我便孤苦伶仃地每天回家自己做饭吃。后来爸爸心疼我，便偶尔给我做了午饭后才回老家干农活。也就因为这样，我每天在中午放学回家的路上，便通过远远地望着房上是否有炊烟，来确定我是否需要回家自己动手做饭，爸爸是否还在等我回家吃饭，以此作为是否要在忙碌中度过午餐时光的一个依据。

可是，这一天却是例外。在我确定爸爸不在家时，在我肯定我又得忙碌于一顿午饭时，我却在踏入家门后见到了爸爸,还有几位邻居及亲友,我一时不知道发生了什么。从爸爸及来人沮丧的面容上,从他们的谈话内容中,我知道了发生了什么,那是一个不幸的、令我难以置信的消息:哥哥出事了!

得知哥哥从六层高的楼上坠下的消息,我当天就去学校请了假。因为当天爸爸已决定前往哥哥的打工地——山西太原,这样家中就剩下了我和妈妈。

时间一天天过去,我们在焦急中等待着,看着妈妈一天比一天憔悴,脸庞的皱纹一天比一天深,眼睛也因终日流泪而日渐不清,头上的银丝也一天比一天增多,我心里深深地替妈妈难过。可我也只能看在眼里,我能做点什么呢?

终于有一天,爸爸来了消息——哥哥已脱离危险!妈妈高悬的心总算稍稍放下了一些。妈妈说让我继续去上学吧,我也是猛然如梦初醒:对呀!我似乎已经好多天没去上学了。我一面给妈妈宽心,说哥哥已经没事了;一面整理思绪,准备再去捧起那久违的书本。然而由于长时间处于高度忧虑的心理中,我的生物钟似乎不大听使唤了,明明早上六点五十上操,有时起床太阳已翻过山头了,恐怕已有八点多了吧。出于羞于见老师和同学,我只好打消早晨上学的念头,起床看会儿书打扫打扫卫生,然后早早做午饭,在邻居孩子放学回家吃午饭时我就早早地去学校,先去求得老师的宽容,再去补笔记,补课程。那时候感觉学习一点也不吃力,看看例题,作业便可顺利做完,课文读上四五遍,便可多半能背诵下来。鉴于这种情况,老师也并不过分责备我,或许老师也理解我的处境吧。

可是,我却越来越觉得我变坏了:在爸爸不在身边的日子,我每天早上睡懒觉,而且一睡就睡到九点或十点;吃过午饭偶尔也不去上课了;而且每天晚上迷上了看电视,自家没电视,便跑到别人家中去看,当然每天晚上的晚自习就更别提了。我不想这么做,可每天早上睡得特别香,什么声音也吵不醒我。一到下午,心里就痒痒的,脚下抹油,只盼能溜到电视旁得以平静。学校老师似乎对我也麻木了,我去不去上课已无关紧要,他们都不怎么过问了,这似乎无形中助长了我逃学的底气。

突然有一天,一位七十多岁的邻居把我叫了去。他对我说:"看你这段时间常逃学,每天晚上看电视,还是要好好去上学呀!"短短几句话,似乎让我

意识到了什么。我渐渐在心中升起了一种无可名状的悔意，越来越浓，以至于我一夜都没怎么睡着。

第二天也似乎有了动力，不知什么时候，一觉醒来觉得时间差不多，便踏上了上学的路。来到学校，连一丝风吹的声音都没有，一片寂静，一切似乎都还在酣梦中。还好，教室门没锁，我进去拉开一盏灯，打开书本，看了几页，似乎又陷入了思索之中。我像是在痛下决心，也像是在回忆这段时间的作为。

不知什么时候，老师的声音打断了我的沉思："我说怎么了，你怎么来这么早？"他看看表："才两点多一点，走，到我办公室去。"不容分说，我便随他去了办公室。"这么冷的天，来这么早，不知道你这些天在干什么？"我无话搪塞，坐着不语。我向来没有撒谎的习惯，更不愿欺骗老师。

老师一边生着火让我烤，一边语重心长地对我说："你的情况我很了解，现在，你应该知道自己肩上的责任有多大，你要挑起一个家庭的重担的。将来要对一个家庭负责，要照顾父母、兄弟，这重要的责任哪，希望你能承担起来呀！"我似懂非懂，但那天之后，我确实再也没有逃过课，就是提前一分钟溜走的情况也没有。每天都认真地对待那一天的学习，比认真还要认真！

可是，在一个雪花飞舞的下午，有人告诉我，爸爸回来了，还有哥哥。我有些坐不住了，急切地想见到久别的亲人。我如坐针毡，度秒如年，总觉得时间过得那么慢。过了些时候，老师叫我出教室，说我可以回家了，我恨不得脚下生风。可是，一转念，我又鬼使神差地走进了教室，尽管坐立不安，我还是坚持到了放学，因为我已经下了决心。

当我匆匆回到家时，屋里已挤满了人，见到哥哥和爸爸，我似乎又不知道说什么了，感觉心中好多话又无从说起。见爸爸脸上偶尔掠过的几丝笑意及哥哥的谈吐，我和妈妈才确实放下了心。第二天我照常去上学，第三天也如此。但是第四天爸爸对我说："我去了近两个月，家里你们也尽力了，但有些活没顾得上干，所以想让你在家里照顾你哥哥。他行动有些不便，必须有人照顾才行，而且有人陪陪他也是很有必要的。"

我又一次放下了书本，每天陪哥哥聊天，给他做饭。就这样，每天又在近乎忙碌的时光中度过。而学业、书本就再别提了。加之时而有人来探望，我显得更忙了,而爸爸稍稍放下的心又系于农活之中,为了一家生计,家里确实有点惨不忍睹。

而这一次放下书本确实是放下了,学校举行期末考试我简直就来不及准备。当邻居孩子拿着书本问我寒假作业题时,我才感觉到,一切都完了,都过去了,我要与书本永别了。因为我们村子的孩子,一周不去上学那也就注定要辍学了,不会例外的。

想着我与书本永别,想着再也不可能踏入学校的大门,想着我今后又得在那黄土地上忙碌一生,我有些不情愿。

春节后十几天,学校新的一学期又开始了,我好渴望回到学校,可是我无法向爸爸开口,但最终我还是抱着忐忑不安的心情向爸爸提出了我想继续上学的想法。爸爸有些为难,但最终还是答应了。我又踏上了上学的路,在当时来说简直是个奇迹。

我特别珍惜这失而复得的上学机会。我用自己的零用钱买了一块电子表,上学也再未迟到过,就算有时身体不适也非坚持下来不可。我似乎成了老师手中的"苗苗",他们对我也特别关照,我也不负老师的苦心,我的成绩慢慢赶上了班内同学,而且超过了他们。在老师的加倍关爱下,那年我数学考了满分,语文成绩也名列第一。就这样,我完成了小学的学习。老师们高兴得不得了,爸爸也为之高兴。

然而,高兴没几天,爸爸的眉头上似乎又笼罩了一层愁云。一天,妈妈告诉我:"你爸是担心你上学家里没有钱啊,你哥哥现在还不能下地干活,我和你爸也都快六十岁了,哪弄得到钱来供你上学啊!"

犹如一盆冷水浇下,我又一次有些绝望。但是这次我很快从失落的情绪中恢复过来,因为当务之急是解决上学钱的问题。

我从七岁左右开始就跟爸爸学习编制一种竹篮,拿到街上去能卖到些钱。于是我便每天在照顾哥哥的同时抓紧时间做竹篮,每天除给哥哥做饭之外,其余时间全花在做竹篮上,甚至到了废寝忘食的地步。每次上街将卖到的钱攒起来,经过一个多月的努力,竟也攒了三四百块钱,但我的一双手却饱受了痛苦,被竹子划伤的痕迹比比皆是。可是看到我的劳动成果,我忘了双手的疼痛,忘了这个假期披星戴月的苦战,忘了这段时间曲折的生活历程。

野菊花

  我用实际行动向爸爸做了有力的证明，因此爸爸对我要继续上学的要求再也没有提出什么反对。

  开学那天早晨，爸爸将我送到去学校的公共汽车上。就这样，带着他的训诫和期盼，带着妈妈的叮嘱，我告别了父母，告别了哥哥，告别了邻近的小伙伴们，开始了我新的学习历程。

  后来上学的路，走得也艰辛，尤其是爸爸，为我付出了很多。但他从没有说过不让我上学的话，一直含辛茹苦地坚持着，起早贪黑，披星戴月，直到我中师毕业。

那个不曾忘记的梦想

2015-11-11

女儿正在熟练地玩她的遥控小汽车。

女儿的车很多：滑板车、自行车、敞篷电瓶车、扭扭车、遥控车，还有一些跑车模型。我偶尔在女儿面前说："你的车好多啊，我就只有一个'八〇〇'①，而且还不属于我一个人。"女儿总是开心地笑。

这辆遥控小汽车是她外公买给她的。那还是女儿刚刚一岁多点，岳父在外地打工，一次女儿给岳父打电话，岳父问女儿："你想让爷爷给你买什么啊？"女儿竟然说："我要警报车。"女儿所说的"警报车"就是警车。我不知道女儿为什么想要警车，是因为她在街上看见警车呼啸而过，很威风吗？后来女儿每次给岳父打电话，总是不忘提醒岳父："爷爷，别忘记给我买警报车！"那边岳父总是一口答应。

我还是反对女儿问岳父要玩具的，因为他们在外地打工有诸多不易。我之前给女儿买的敞篷电瓶小跑车，花了五百多块钱，女儿坐上去可能是由于脚上力气不够大，踩不动油门踏板，竟懒得去玩。不知道岳父会给买个什么样的警车，又要花多少钱，女儿又有多大兴趣去玩，但他们爷孙俩高兴，就随他们吧。

年底，岳父从外地回家过年，确实给女儿带回来

---

① 八〇〇：车牌号。

一辆遥控小警车,还贴着"宝马"的标志。女儿开心得不得了,岳父陪着女儿操作着遥控器,小汽车满屋子跑。

女儿是幸福的,这份幸福必将伴随她整个童年乃至将来。

我的童年是在山上度过的,关于玩的记忆不是很多,最清晰的记忆是在屋后的山梁上玩耍的情景。

屋后玩耍的场地是哥哥开发出来的。他最开始玩的是"修小路",拿着一把小巧的锄头这儿挖,那儿刨,一段平坦的小路就成型了。可惜家里只有一把小锄头,哥哥用了我就没有了,我是又嫉妒又羡慕,多想拿来用一用,但哥哥忙着玩,不给我,我便去缠着母亲,母亲便把一把快要用坏了的炒菜铲子给我。我高兴得不得了,便跟在哥哥屁股后边,和他一起去修小路玩。

我们每天都玩修小路,路倒是修了有三四米长一段,可是玩久了却也觉得没意思了,我便要哥哥想个新的游戏。哥哥略一沉思,拿来了不知道父亲从哪儿弄来的一个轴承,我们便玩起了"开车"的游戏。哥哥大拇指和食指伸进轴承中间的圆孔握着轴承,在我们修成的路上来回运行。轴承只有一个,我和哥哥只能交替玩着,不过我们都想各自有一个轴承。哥哥见我执意想要,就跑到屋里把父亲锯木头的锯子拿出来,说给我锯一个木头的车轮。

可我们找遍周围的所有地方也没有找到一根可以锯木头车轮的木头。最后见猪圈是用一根一根的木头擦成的,我们便决定从猪圈上一根较长的木头上锯一个车轮下来。哥哥让我看着父母会不会回来(被他们看见可是有可能挨揍的),我便躲在猪圈前一棵树下看着父母回家的方向,哥哥就窝着身子缩在猪圈旁开始锯。不知道锯了多久,其间我还担心地问了他好多次,他开始说:"还早呢!"后来变成:"要快了!"我心里怦怦跳个不停,哥哥锯木头的声音又感觉好大声。终于,哥哥猫着身子,一手托着锯子过来了,高兴又神秘兮兮地朝我一挥手:"走,锯好了!"我和他赶紧撤离现场,先把锯子放回原处,又一起跑回我们玩的地方。

当哥哥把木头车轮给我时,我不知道怎么形容它:一边薄一边厚,圆也是不规则的椭圆,还裂着两道口。唉!也只能勉强玩着了,有总比没有好。

其实知道玩开车的游戏,是我有一次随母亲去大姨家。大姨家是母亲的娘家，离她们家不远有一个被大家叫作"蒋娃"的人，他有一辆大卡车，而且是远近唯一的一辆车。记得是绿色的车头，偌大一个车厢，能拉好多货。但他的车一直都停在老街上，开不到家门口——路不通。那辆车对我有莫大的吸引力，他停车的地方是我们去大姨家的必经之路（因为我们家距离大姨家很远，去一次挺不容易），因此每去一次，经过"蒋娃"停车的地方，我总是拽着母亲的手放慢脚步，总想多看一眼那辆真正的大卡车。从小在山上住着，别说卡车，就是手推车都没见过。因此每次去大姨家的路上看车已经超过了去大姨家的兴趣。

不知道什么时候，我便有了自己做一辆能在我们修好的路上开的车模型的想法。但想归想，怎么动手做却摸不着门。

后来七岁多快八岁，我上学了。上学住在山下的房子里，一日放学，我们几个临近的伙伴便相约去看"蒋娃"的车。我们一起背着家长到了老街，这次，终于可以近距离地看看那辆大卡车了。我们围着那辆车一圈一圈地细细地瞧着，用手摸着车头、车轮、车厢，总舍不得离开。

这一次真正看到了车的样子，便坚定了我做玩具车的想法。我就四处找木板，可家里除了母亲用来洗衣服的一块半米左右的木板外，其他什么木板也找不到。我找来锯子，壮着胆子，试图把那块洗衣板锯掉一段。但这时却被母亲发现了，她说："你把那板子锯了我拿啥洗衣服呢？"我就不敢继续锯了。

这样又过了一段时间，好像已经暑假了，一天我顺着靠在墙上的梯子爬到了用来堆放东西的土楼上，竟然发现黑暗的角落里有好几块形状长度基本一致的木板。我认得这些木板，分明是一只水桶散架了之后分散的桶板。我顿时有了主意：用这些木板做成汽车模型。

我悄悄地拿着两块木板爬下楼。我先比画着要做车头，可我再怎么找就是找不到锯子，最后只找来了父亲编制竹篮子用到的一段十厘米左右的钢锯条，只能用这个了。但真正用起来才知道有多吃力，我锯了老半天，才锯了一道浅浅的痕迹，根本不像大人们用得那顺手。但也要继续，谁让我那么想做成一辆车呢。

下午，父母从地里回来，我赶忙将木板和锯子藏好，生怕被他们发现。但我缠着父亲给我锯四个木头轮子（父亲以前给我做过独轮车——用一根竹

55

子夹着一个木头轮子在地上推的车）。父亲经不住我缠他，就从土楼上找来锯子，又找来一根木头，一会儿就给我锯了四个轮子。我如获至宝，抱着轮子藏起来。

　　第二天，父母又去种地了，我见做车头不成，便计划先做车轮。我找来两根指头粗的木棒，一头均匀地削去一层，打算先将两只轮子连在一起。但这也不是一件容易的事，到父母下午回家，我连一个轮子都没做好。后来一直到暑假结束，我才将两只轮子连到一起，另外两只却还是分开的，我只得把它们藏在角落里。后来又利用好几个周末，才将另两只轮子连接在一根木棒上。

　　后来跟父亲一起上街，知道了他买钢锯条的地方，我便拿了自己攒的钱也去买了一根，花了一毛钱。我拿着这根新的钢锯条锯木板的时候，好像容易了一些。但当我按照做车头的计划把木板锯成形状后，又犯难了——拿什么钉在一起呢？家里没有钉子，又不知道哪儿有卖。沮丧中不觉冬天也来了，因为冬天去外边玩的时候少，做车模型的想法也就放下了。

　　寒假过完之后，上学还是有些冷，我就再没有记起做车模型的事儿。不知不觉又到了夏季，一天该我值日，当我拿着扫帚经过窗子的时候，被窗子上的一样东西吸引住了——钉子！窗子上钉着钉子！我们学校的窗子是木头做的，没有玻璃，每年冬季，我们就要从家里拿去塑料纸，用小钉子垫着纸片钉在木头窗扇上，起到防寒保暖的作用。春季暖和以后，就将塑料纸撕去，自然把钉子留在了窗户上。有钉子就可以做车模型了！我欣喜万分，便用手拧着一颗钉子，想把钉子拧下来。但手指拧得生疼却怎么也拧不下来。我又顺着窗子瞅过去，找到一颗钉入木头不太深的钉子，用手绕着圈儿拧，竟然拧下来了。我找到了经验，专找钉得不太深的拧，最后拧下来好几颗。

　　第二天，我自告奋勇地给值日生说，我要帮他们值日，他们很高兴，提着书包一溜烟儿消失在回家的路上。我以最快的速度打扫完教室，便又顺着窗子寻找能拧下来的钉子。可是每天也不敢在教室待得太久，生怕被老师看见。就这样，经过好多天的收集，终于收集了一些钉子，我把它们装在一个空的罐头瓶中存放起来。

　　暑假开始后，我便拿着收集的钉子，开始了车模型的制作。可是直到那

个暑假结束，却只完成了一个车头的制作。

就这样，不知道过了多长时间，也记不清经历了几个暑假的努力，我梦寐以求的汽车玩具终于成型了，看起来和"蒋娃"的大卡车样子几乎一样。同时，我们屋后山坡的路也修了好长，还通过盘山路的方式延伸到了高一点的地方。

当我拿着我做成的汽车玩具到屋后山梁上去玩时，却发现哥哥已经初中毕业了，不和我一块儿玩了。而我，虽然车模型做成了，却没有了本来该有的那种成就感和激动的心情。为什么呢？我们都长大了，十二三岁了，哪还适合玩这样的游戏呢！

因为这样，我经历好多年做成的汽车模型，就只在做成的那一天玩了一会儿。而就在那一次后，我便把汽车模型收了起来，后来扔到了哪个角落里，也都忘记了。

今天，孩子们的玩具应有尽有，形式各异，丰富多彩。回想起自己做玩具的经历，除了心里有满满的羡慕之外，也祝福孩子们能珍惜现在的幸福，快快乐乐地成长！

迟 到

2015-9-16

今天是一堂作文课，恰遇一位同学迟到，便趁着学生写作时间，记下当年上学时的一次迟到经历。

那是在上小学，大概三年级的样子。

那个时候爸爸对我和哥哥要求很严格，每天早早催促我们起床，洗脸，然后往学校走。到冬天，好多时候都是寒霜铺地，或者结着冰，或者盖着厚厚的雪，爸爸便百般哄着我起床，有时候我怕冷赖在床上不愿起来，爸爸便把衣服拿到火塘边烤暖和让我穿上。起床最大的动力还是来源于哥哥，他那个时候大概上四五年级，他起来了，我一般也不甘落后，一骨碌就爬起来。

那些年父母都是靠种地养家过日子。爸爸每天把我们安顿好去学校之后，便要走两公里多的山路去山上和妈妈一起种地。那时候他们俩靠双手种了多少地我不知道，就知道有四大块连片的土地，大到什么样子，一般站在地这头叫那头的人，很大声还不一定能听得见。而我们每年上学和一家人的开支大多都是靠这几块地种出来的。

爸妈种地，每天都是早出晚归。下午太阳落山，就回去做晚饭。饭后，妈妈就留在山上的房子里准备一群鸡和两头猪第二天的食物，爸爸就下山来陪着我和哥哥。

因为这样，我们每天的午饭和晚饭就得我和哥哥一起自己做。每天放学铃一响，我们便以最快的速度跑步回家。学校离家大概也就一公里左右的样子，几分钟就到了。开门，生火，做饭，我和哥哥一般都是分工：我生火，他管锅里，加水，加米。但那个时候我们哥俩关系并不怎么好，经常闹矛盾，但饭还得做。我们做饭已经练就了一手绝招，水加得刚刚好，米放进锅里，我只要能配合把火的大小把握好，等个半小时的样子，锅里的饭就蒸好了，不吹牛地说，和现在电饭锅蒸的饭是一样的。

菜就基本没有了。首先关键是没有菜，其次就算有菜也没有那么多时间去做菜，因为从早上下课到下午上课也就一个半小时时间。好的情况下，妈妈会做些豆腐，或者把猪肉煮好拿给我们，一般是下午休息时间长点的时候才能把那些热好吃上，不过那也算是改善生活了。偶尔做菜也就是炒点辣椒，或者炒个土豆丝、土豆片，饭吃起来就感觉好香了，也感觉做饭有了成就感。但大部分情况就是白米饭，急急忙忙吃个一碗两碗的，吃完就赶快往学校跑，而洗碗洗锅的事只得等下顿饭做的时候再说了。

我和哥哥都在同一所学校上学，他和同班的一个同学大林关系很好，后来我也就自然和哥哥同学的弟弟小林成了朋友。

不知道为什么，那天早上刚上完一节课，小林就到我们教室找我，说要到我们家去，我当时就有点懵了——这是为什么呢？难道是那天我没有去他家的缘故？

那天，我下午放学吃过饭后和哥哥到学校去玩，刚到学校之后，见到大林和小林也在学校，哥哥说他要到大林他们家去玩，然后他们就先走了。那天我才算认识小林，之前就只是知道这个名字。小林很热情地和我打招呼，然后就邀请我也到他们家去。我有点茫然，长这么大还没有单独到别人家去过，除了爸爸管得严不让去之外，我也压根儿不敢去，再说我还是第一次和他见面呢。我就推辞，小林就拽着我的胳膊把我往他家里拉，他大我两岁，我哪有他那么大的劲儿，但我使出吃奶的劲儿想挣脱。就这样他拉我拽，一路"拔河"，我们都满头大汗，竟也前进了几百米。但最终他还是失去了耐

性，委屈地抹着眼泪独自一个人回家去了，我也往相反的方向走……

或许今天他是要告诉我什么……

我在惴惴不安中度过了第二节课。放学铃响了，我稍稍迟疑了一下，却见小林已经在教室外边了。我不好推辞，但也不好热情邀请他，因为我是知道我家的情况的。我和小林飞似的出了校园，一路奔跑。估计小林也不知道为什么要一路跑，因为他们哥俩天天回家父母都在家，婶子也是把饭做好等着他们的。

但我们一路跑得都很开心。到家后，小林看到我们家门紧闭，似乎愣了一下，就问我："你爸妈他们呢？"我只得告诉他，在山上。然后就找柴火生火做饭。我把架在墙上的黄篾（黄篾就是竹子编制竹器后剩下了的东西，已经很干燥了，因为这个生火很容易，一般我们都舍不得用，只是在实在生不着火的时候才用）拿下来，今天小林来，肯定得好好做饭。我和哥哥一商量，还得做个菜，做土豆丝汤。

那天我和哥哥少了拖延，也少了扯皮。我们合作得很愉快，也火急火燎，小林也帮忙。

好不容易饭菜做好，我们抓紧时间吃完，当然也不知道合不合小林的口味，反正只能那样了。

吃完饭一看，我的天，太阳落在屋檐下的影子似乎已经超过平时好多了。那时候没有手表，似乎全村人都没有表，我们每天看时间就是看太阳落在屋檐下地上的影子，时间久了，也是很准确的。我催促着小林赶快往学校赶，不然就会迟到的。

哥哥的速度要快一些，是在我们到校之前到的学校。他有没有迟到我不知道，但当我来到学校的时候，同学们都整整齐齐地坐在教室里了，看情形是上课了。我不敢进教室去，因为杨老师有规定：谁迟到谁就要站在教室门口。但那时候杨老师对我们很和蔼，因此同样规定：迟到了只要说出迟到的原因就可以进教室去。

杨老师的办公室就在教室隔壁，我迟到当然也逃不过她的眼睛，当看到我站在教室外边时，她可能颇为意外，因为我从来没有迟到过。另外我是班长，她一直鼓励我要给同学们起好带头作用。

杨老师问我："为什么迟到了？"她虽然意外，但语气仍然很温和。

我不知道说什么，我已经无地自容了。我想说我回去爸妈不在家，我自己做饭了，但我又不想告诉她这个。我就僵在那儿，一直沉默不语。杨老师问了我三次，我都没有作声，我真的不想告诉她原因。但杨老师也是很讲原则的，既然我不说，她也就不让我进教室去。我就那样耷拉着脑袋站在教室门口，不知道过了多久，脑中也是一片空白。

下课的铃声终于响了，我似乎舒了一口气，我盼望着杨老师能让我进教室去。但杨老师却并没有要我进去的意思，仍坚持问我，为什么迟到。

我坚持不住了，只得低声说："我回家自己做饭的。"杨老师没有多说什么，只是让我进教室去。

进教室之后，同学们都围着我，问我为什么迟到，问我老师为什么不让我进来。我没有回答他们，我真的不想让他们知道我天天回家要自己做饭，关键是做饭没有菜。这好像是我心中不可公开的秘密。

后来，杨老师带完我们三年级那一年就走了，因为没有任何联络方式，作为学生，我也无从打听到杨老师去了哪儿，后来也终没有再见到过她。

但从那以后，我和哥哥回家做饭的情况似乎有些改变了，我也愿意听从他的安排，每一天抓紧时间把饭做好，虽然仍然没有菜，但吃得却很香。然后去学校，也终没有迟到过。

61

阿 长

2014-9-23

我这里要说的阿长与迅哥儿没有一丁点儿关系。阿长是有名字的，但在这里不方便说全。

记得很小的时候，阿长就成了大人们吓唬小孩子最有力的杀手锏了。小的时候，大人们就告诉小孩子，阿长是一个智障者，好像还有点疯癫。当小孩子调皮的时候，大人们就说："阿长来了！"吓得小孩子只有规规矩矩地按照大人们的要求待在那里，跑的不敢跑了，哭的不敢哭了，就是与小伙伴们发生纠葛闹得不可开交的，也都怯生生地散去了。

阿长家离我们家不远，透过房前的树丛就能望见她家，可是我却一直不敢跑去她家周围玩，但她却会经常在我们家周围闲逛，并咿咿呀呀不知道吆喝些什么，听不懂，记忆中总感觉那是很恐怖的声音。

关于阿长为什么会是那样子，有人说是小时候喝药喝错了；也有人说是小时候摔过，伤了头；还有人按命理说怎么怎么着。但终不知道为什么。

其实也有不怕阿长的小孩，和我们一起玩的几个伙伴里就有一两个。一次，见阿长远远地来了，我们几个胆小的孩子老早就躲得远远的。他们俩却不以为然，捡起地上的土块石头轮番投向阿长。阿长先是发出她那恐怖的声音咿咿呀呀一阵，声音很是凄厉，令人毛骨悚然，但并没有吓退那两个小孩子，他们仍然不停地投掷土块石块。接着阿长好像也发威了，一阵疯跑，去追那俩小孩，俩小孩这才吓得屁滚尿流地往回家跑。

这件事一下子在村子里引起了轰动，家家都知道我们一伙小孩子惹怒了阿长，并把人家打伤了。后来听说阿长被家里人找了一夜才找到，回去后又哭又闹，疯得更厉害了。我们一伙小孩子也被家长狠狠地训斥了一顿，并严加看管。后来我们再也不敢去惹阿长了，只要瞄见她的影子就远远地躲开。

但后来的一回，我真的被她吓到了。

那天放学回家后，我和哥哥用"石头剪刀布"的方式来决定谁来做饭。可怜我那"破剪刀"刚拿出来就被哥哥的"金刚石"砸个粉碎。我只好承担起做饭的差事，哥哥则去屋里睡觉了。

当我好不容易把火生着，然后捡了些木柴从外边抱进厨房时，我的天哪！——阿长出现在屋前的路上！我来不及多想，扔掉木柴，以迅雷不及掩耳之势撒腿就冲进厨房，哐当一声把门关上。因为是木门，两扇的那种，我从门缝里一瞄，看见阿长竟然向这边走来！我赶快插住门闩，又挪来一条长长的凳子顶住门，然后来不及多想，转身爬到灶台黑暗处，两腿已经软软的了，汗也出来了。我紧紧地贴着灶台，大气都不敢出。然后就听见木门被推的声音，哐当哐当一阵响，我的心似乎早就跳出了胸膛，脑中一片空白。门终还是没有被推开。也不知道过了多久，响声终于停止了，但我哪敢去查看，仍然把头死死地贴在灶台后，大气也不敢出，汗珠滴滴答答，可怜的小心脏也跳得厉害得很。

外边似乎已经安静了很久了，但我仍然躲在那里不敢动。突然，又是一阵哐当声响起，刚刚有所放下的心忽地又万分紧张起来，我可怜的小心脏又剧烈地跳动起来，也早就想哭了，但不敢哭，更不敢叫。正在紧张万分的时候，听见哥哥在外面呼唤我的名字，我像是听到救星的召唤一样，赶紧答应，并大声叫哥哥："我在屋里！"

哥哥在外边抱怨："在屋里干什么把门锁上呢，饭做好了没有？"哥哥找来钥匙，打开门，见我满头大汗，一看饭也没做——火早都灭了。我只得告诉哥哥，刚才阿长来了，把我吓的，也是她把我锁到屋里的。

63

哥哥一看，太阳都落下山了——上晚自习的时间又要到了。哥哥二话没说，转身往学校的方向跑去。那天下午，我们都没有吃饭。

从那之后，我就更怕阿长了。

后来，阿长又一次狂性大发离家出走了，家里人还有亲戚找了三天，最后据说在一处河道里找到了，但阿长已经永远无法再跑了。家人将她抬回去，准备了衣服、棺材将她安葬了。

时隔多年，阿长的样子在记忆中早已模糊了，但那次受到她惊吓的经历却永远留在了我的记忆中。但却一直是害怕，从来没有憎恨。

我也想借用迅哥儿的话说：仁厚黑暗的地母呵，愿她在你怀里永安她的魂灵！也愿她下辈子能正常地快乐幸福地过一辈子！

酸菜香肠

2012-12-21

这一晚好像是传说中的"末日",夜里却无意间闯入一个梦境,梦里的一草一木,那排房子,那间厨房,那里的每一个人,都那样地熟悉。虽过十年,依然怀念,记之兼怀往事。

林旺刚从师范学院毕业那会儿,被县人事部门分配到最北边的高家岩乡当老师。

林旺带上简单的行李,早晨六点多就乘车出发了。这么多年的奋斗,终于有了一份工作,父母都为这么多年含辛茹苦的付出而感到欣慰。因为离家有些远,所以父母都早早起床,为林旺做好早餐。林旺虽然一直没有吃早餐的习惯,但还是简单地吃了一些,然后在父母的笑容和不舍中,满怀向往和憧憬地上了去高家岩乡的班车。

经过一路的颠簸,下午五点多才到高家岩乡。下车一打听,还好,这个乡集市、学校、政府都集中在这一块,在一座山的半山腰,山脚是一条大河,山顶有酷似五指山的一个组合山群。有两栋楼,一栋是学校的教学楼,一栋是政府办公楼。

林旺不知道找谁,便向一家商户打听:"学校领导住在哪里?"商户很快反应过来:"你也是新来的老师吧?学

校领导都在旁边的餐馆陪新来的两个老师吃饭呢。"

  林旺将行李寄存在这家商铺,在学校转了一圈。学校不大,就一栋教学楼,后边是农家错落的住房,有一条便道。林旺顺着便道想随便走走,走到一家住房前,忽然有人大叫:"林旺,你怎么到这里来了?"一看,竟然是在学校时的一位师兄罗杰,高自己一级,那时候林旺是学校学生部的部长,罗杰是一个班的班长,他们经常接触,很熟悉。林旺很意外,也很惊喜,一年没有见面了,没想到一年后,在这个陌生的地方竟然能有熟人。罗杰把林旺领到自己住的屋子里,原来这是学校租用的民房作为老师的办公室,宿办一体。罗杰顺口问林旺:"有地方住吗?没地方就在这里将就一下。"林旺哪里还想到这件事,这会儿一想,确实还没有着落呢。其实他开始想得很好:到了单位,下车就有学校相关人员迎接,并安排吃住的事宜。但现在看来,似乎并不是那样。林旺也就顺口答应了:"那好吧,我们恰好可以叙叙旧。"

  那一晚,他们聊到深夜。第二天他们早早起了床,罗杰要去上班,林旺不知道干什么,就只好看看电视。

  快十一点的时候,罗杰忽然跑回来了:"林旺,校长叫你呢,快点!"

  林旺跟着罗杰,到了教学楼二楼,走进一间办公室。罗杰在前面开口了:"校长,林旺来了。"

  "哦,那你先去吧。"

  林旺进了办公室,有些拘束,就站在那儿。他很快扫视了一下校长,校长不到三十岁的样子,正襟危坐。

  "哦——,那个,你叫林旺是吧。"

  "嗯,校长,您好。"

  "哦——,那个小林啊——,你什么时候到的,住在哪里?"

  "我昨天下午到的,住在罗杰老师那里。"

  "哦——,那好。那你先在那里住两天,这个具体到哪个学校上班,回头呢,我问一下主任。"

  "哦。"林旺不知道说什么。虽然在学校的时候学生部长做得很出色,在学校很有影响力,也算是个小有名气的人物了(当时学校很多同学都预言:林旺会被留校的),但林旺没有想那么多。林旺有个毛病,就是见到陌生人说话总是显得很拘谨。这一次也是这样。

校长见林旺没有什么反应，就说："哦，小林啊——，你先去吧。"

"哦，谢谢校长！"

下来林旺才知道自己并不一定会在这所学校上班。这个乡还有几个村，各村都有一所小学，自己很有可能被这所中心小学分配到下边村级小学上班。

后来的两天，林旺一直在罗杰那儿。没有什么消息，也找不到相关的人。

第四天下午三点，一位四十岁左右的老师来找林旺，说到他们学校去上班，他是学校的负责人，现在就走，刚好有一辆拉货的三轮车，可以搭个顺风车。

三轮车在曲折的山路上颠簸，林旺很惊讶：这路是按照三轮车的运行特点而修建的。虽然有点窄，却刚好放得下整个车子。"水泥路"①上有三道深深的沟槽，就像三道轨道，虽没有铁轨那么标准，到处有泥泞和水潭，但三只轮子放进去刚刚好。林旺心里想：这就像铁路一样，是三轮车的专用道。

历经将近两个小时的颠簸，终于到了。学校在一个半坡上，有一长排房子，土木结构，三间教室，三间住房（老师的宿办一体室），还有一间偏房，是厨房。

这个学校只有三名老师，七个年级。林旺忽然想起在自己上小学三年级的时候，学校有一个年级只有九个学生，另一个年级有十二名学生，学校就把两个年级放在一个教室，叫什么来着？林旺想了半天——复式班，林旺终于想到这个名字，没想到隔了十多年后，还会有复式班。

接下来正式上班的日子里，林旺深切地感受到又像回到自己上小学那段时光中：

那时，父母都忙于地里的农活，日出前蒙蒙亮而作，日落后天黑才回来。林旺上学每天得给自己做两顿饭。每天放学跑步近一公里回到家，匆匆做好饭，吃毕，再匆匆跑回学校，坐在教室做十分钟作业上课铃刚好打响——时间把握得很好。现在想起来，那时候真是神速！

在这里，林旺也是每天放学自己做饭，饭后又继续上课。这样的生活也渐渐地成了规律。

而让林旺深深感动的是当地不管是学生还是家长，都真的太热情憨厚了。每天都有家长到学校来，在嘘寒问暖的同时聊聊学生在家在校的表现。让林旺

---

① "水泥路"：没有硬化过的泥泞不堪的土路。

佩服的是，这些山里面孩子的家长一点都不逊色于山外城市孩子的家长，他们对孩子寄予很大的期望，非常理解和支持老师的工作。家长和学校的教育步调一致，不溺爱孩子，谦善真诚地教育自己的孩子。也有更多的时候，家长来学校是请老师到家里去做客的，三天两头都有，有的家长甚至提前几天预约——怕老师们走不开。有一次，记得一位家长预约了几次，林旺他们都因为去了别家而没有去成，这位家长有一天中午老早就来到学校，坐着不走了，并"威胁"学校的负责人：今天如果不去，他就不走了！因为晚上不上晚自习，老师们和家长在一起聚着吃饭，还可以喝几杯小酒，都是家长自己家酿的，很醇，喝几杯，不会醉，气氛非常融洽。虽然在这个陌生的地方，但在这个时候，林旺觉得很有家的感觉，这些家长就和兄弟一样，没有距离，只有真诚。当初刚来这里时的那种独在异乡的孤独感也悄然消逝了。

其实刚开始到那里的时候，林旺觉得最难过的算是晚上了。学校放了学，只剩下林旺一个人，真的是黑灯瞎火，离学校最近的人家也有三四百米，最邪乎的是学校旁边竟然是个坟场。虽然林旺胆子还算大，但晚上也不敢关了灯睡觉，得把灯照个通天亮。当然，这样的情况也没有几天。过了不久，就有位学生跑到学校来，对林旺说："老师，我爸爸说，怕你一个人在这里孤单，叫我来陪你，我也顺便在这里做做作业，你给我辅导一下。"林旺真的被感动了——这些问题家长都想到了。林旺也从此不再孤独，夜晚也不再提心吊胆的，或者失眠了。

工作日里每天七点左右起床，等待学生到校。学生陆续来校后先早读，然后上两节课——语文、数学。十点多放学，学生回家吃早饭。这时林旺就开始自己做早饭，还有几名学生由于离家很远，也会在学校厨房一起做饭吃。林旺想，现在的条件和自己上小学那时比较已经很不错了，那时候家里是铁锅，现在这里有电饭锅，加水加米就等饭熟。不过现在要炒菜，用煤炉。上学那时不用炒菜，一般都是只吃米饭，吃两碗。再说炒菜时间也来不及，更重要的原因是那时当地就没有买菜的地方，家里有啥吃啥，大都是洋芋。不过现在当地也没有卖菜的地方，买菜得到乡集市上，往返十几公里，五六个小时，林旺是没有这个意志力跑这么远去买菜的。再说那时工资为每月五百一十三块人民币，三个月也不一定能发到位。林旺来上班时带了一百多元钱，都花得差不多了，幸好当地没有什么商店，有钱基本也没地方花。

至于吃的菜，几乎全都是当地老百姓免费赠送的，白菜啦、萝卜啦、芹菜啦、莴笋啦、土豆啦、包心菜啦、大头菜啦，品种很多，林旺记不得那么全了，有的还是林旺从来没有吃过的菜，都是老百姓亲手种出来的。除了这些，还有熏肉，也有野菜。送菜的不一定都是学生的家长，也有家里没有孩子上学的，也有小学已经毕业了的，还有的家庭孩子还小得很。

林旺压根儿都没有想到会得到当地老百姓如此盛情对待，不知道怎么去表达自己内心的感激。所以每次无论一大早，还是中午学生又到校的时候，看到学生手里又拎的菜，或者家长用背篓背来的菜，林旺总是被感动着。送菜来的不仅仅是林旺所带的两个班级的学生，也有其他五个班级的。有时候看着屋子里堆成堆的菜，林旺觉得，只有更加卖力地工作，更好地对待每一位学生，更细心地去呵护他们，心里才会平静一些。

一日中午，因为下了三四天的雨，久违的阳光照着大地，虽然天放晴了，但仍有些寒意。这里海拔较高，春天也来得较晚一些，其他地方已是落英缤纷，这里却是桃花方始开。下了几天的雨，每一枝树枝上都凝结着亮晶晶的银条儿，真是一片雾凇沆砀的景象，阳光一照，漫山遍野银光闪闪。

这天，林旺等学生放学后，和几位学生一起做早饭（农村一般是两餐制，十一点左右吃饭叫早饭，下午四点左右吃饭叫晌午饭，老百姓自己称下午这顿饭叫 shǎ 午饭）。林旺正在炒菜（芹菜，一年级一个学生送的），忽然一位老太太背着一个背篓出现在门口。老太太穿着天蓝色布的大襟衣服，有两处补丁的样子，看起来好久也没有洗；头上包着一条黑色头布，但仍掩盖不了有些凌乱又有些花白的头发。林旺鼻子一酸，好像是看到好久不见的母亲站在那里。老太太有些拘束地站在那里，叫了声：" 老师。"

林旺赶紧走出去，问了一句："您有事吗？"

老太太欲言又止，有点怯生生地挪进屋子，放下背篓。老太太估计有八十岁高龄了，饱经风霜的脸庞记录着岁月的沧桑与坎坷。今天虽然出着太阳，但温度估计还在零下一二度，老太太却只穿着一双解放鞋，没有穿袜子。林旺赶忙说："奶奶，您烤火吧，灶前边有火。"

老太太满面笑容："老师啊，我早就听说你了。都来我们这里半年多了，我这

一个人行走又不太方便，真是不好意思。你看今天来家里也没有啥带给你，我自己炒了点菜，老师你莫笑我。"老太太边说边从背篓里翻出来一些东西，软软的，有近一米长，像是猪大肠似的。老太太将东西放进一个篮子里，真的是猪大肠，但看起来里面装的有东西，是做成了香肠的样子，只是装得不是很饱满。林旺本想推辞，但目光落在老太太那双满是油污的手上，一双到处都是皲裂，有的地方还渗着血的双手，这分明就是母亲的那双手！林旺忙双手握着，这双手是那样冰冷，手指手臂都如皮包骨一样。林旺哽咽了，只能一个劲儿地说谢谢。

林旺把老太太送过下院从操场回来，在厨房做饭的一位郑同学已经将菜帮忙炒好了。郑同学告诉林旺，这位老太太就是他们那儿附近的，他们叫她婆婆①，婆婆常年一个人在家，儿子女儿都在外地打工，一般很少回来。这猪大肠是附近一家人过年杀猪送给婆婆的，他昨天星期天刚好到婆婆家借一把锄头，看到婆婆一个人正在装这香肠。郑同学又问林旺："你猜婆婆在香肠里装的是什么？"林旺没有回答，只是待在那里默默地听着。郑同学继续告诉林旺："是酸菜，昨天到婆婆家的时候，她正在装，炒得还是挺香的。老师你不要笑话婆婆，我们这里过年准备最好的吃的就是香肠了。香肠不是每家都装，因为很费材料；但一般装的是切碎的肉末，拌一些其他的菜，炒好就装，然后风干。这里冬天很冷，保存很方便，一般能吃到第二年三四月份。婆婆家里就她一个人，也没有能力种菜，一般是随便撒一点青菜什么的，洋芋种的也很少，很多时候都是周围的人送给她一些菜吃……"

林旺没有勇气再听下去，早已哽咽得不知道说什么，他努力不让挣扎在眼眶里的泪水流下来，只是默默地为老人家祈祷。

这件事后，林旺的心里久久不能平静。他想去看看老太太，但终没有去。

后来的日子里，林旺更加努力地工作，把更多的精力投入在学生的学习上，并利用每个周末义务为学生补习。林旺觉得，这样心里要平静一些。

后来，林旺虽然调离了那个地方，但对当时的每一件事，每一个人，都是那么留恋，那么怀念。

十年过去了，老太太还好吗？那里的一切都还好吗？林旺经常在心里默默地念叨着，默默地为他们祈祷……

---

①婆婆：方言，即奶奶，下同。

柔肠一寸愁

农民伯伯的故事

2016-11-30

夜，不算深，十点三刻。

从单位回到家，推门走进卧室，很静。见宝贝安静地缩在被子里，正想伸手摸摸她的小脸蛋，忽然她扑哧一笑："爸爸，我在等你呢！"

唉，经常来这一出：很晚不睡觉，又怕我回家责怪于她，便一本正经地在被窝里装睡。我忍不住笑了，然后便要去哄哄她，她就搂着我的脖子安静地入梦——也真正让我有了"小棉袄"的温馨之感。

我坐在床边，准备轻轻地拍拍她，哼个五音不全的摇篮曲哄她睡觉——明天可是要上学的呢！

正拍几下，宝贝却拉着我的手："爸爸，我不要听摇篮曲，你给我讲故事。"

"哦，好！"

"我不要听'从前'的故事。"呵呵，都怪我每次讲故事，总是"从前啊"就开始了。

"也不听'小红帽'的故事，也不听'小白兔'的故事，也不听'偷铃铛'的故事……"宝贝一连串的"不听"让我都蒙了。

"那你听什么？"

"我要听'农民伯伯'的故事！"

哦，前两天，我给她读过我自己写的一篇文章《阿长》①,她竟然感兴趣了。

我脑海中飞快地思考着,讲什么呢?"老黄"②的故事,"老金"③的故事,"老T"④的故事,似乎都不大合适。

"讲我爷爷的故事!"她眼睛眨巴眨巴地望着我。

我一震,这孩子,似乎对她不曾谋面的爷爷还挺感兴趣,曾不止一次地问我:"爷爷为什么会死呢?为什么不能见到爷爷呢?"我也想告诉她人的生老病死是自然规律,也是因为我们爸爸妈妈没有好好孝顺爷爷,或者爸爸妈妈结婚晚,但总又似乎说不明白这些。

但父亲的事,总还是蛮多的。父亲一生勤苦、坚毅,含辛茹苦养大我们,却在我们刚刚有些能力照顾他的时候驾鹤西去。

确实该给孩子讲讲父亲。

"记得我带你回的山上的老屋吗,在那里有个平坝。"我开始给女儿讲。

"你知道吗?那个平坝是你爷爷用洋镐挖出来的!"宝贝有些惊讶。其实让她惊讶的还远不止这些。她不知道,那个足足有五十平方米的平坝原本是一处山梁,白沙混杂石头的结构,质地坚硬,直立性也好。挖成平坝后,挨着山体的一面留着四米多高的悬壁,三十多年来,除极少量风化之外没有任何滑坡的情况发生,足见其结构的坚硬。但就是这样的质地,却是父亲在当年用洋镐一镐头一镐头地挖出来的,而运土石的工具也仅仅是用竹篾编制成的撮箕⑤,一遍一遍地用双手端出去。

我不知道父亲当年挖了多久,在我最早的记忆中,当时我已经在那个平坝玩耍了。至于他为什么要挖这样一个平坝,他当年给我说是想在那儿修新房。据父亲说,当年和两兄弟分家时分到了三间房,后来又挨着老房修了三间,还有专放柴火的柴房。

现在看看那块平坝,真的为之震惊,那需要多大耐力,要付出多少汗水。想想《台阶》⑥中写那位父亲如何辛苦地修建有九级台阶的新屋,觉得我父亲

---

①②③④ "阿长""老黄""老金""老T",作者作品中的人物。

⑤ 撮箕:农家一种能装东西的竹器。

⑥《台阶》:李森祥作品,选入初中八年级人教版语文上册。

挖这块修屋的地基也绝不逊色于那修成的有九级台阶的新屋。

父亲说挖坏了四把洋镐，我只见过其中的一把，镐头只有二十厘米左右那么长，我还曾天真地认为洋镐本就那么长。但在我十多岁的时候，父亲买回一把新的洋镐，看着它我总觉得那么不协调，它有着那么长的镐头。

那么长的镐头，就是父亲一下一下挖那坚硬的白沙石磨掉的，四把都磨掉了，甚至有可能其他三把已经磨得不成样子，完全没法用了，父亲才扔掉的。因为父亲那么节俭，是不可能把还能用的东西扔掉的。

被挖下来的沙石，父亲说倒到前面的坡上。他说那儿原本是一块坡地，就是用挖过来的沙石填起来的，砌成了台阶式地块，栽上了好几种不同的树。

当我有记忆的时候，就在那块平坝上玩耍，父亲就在平坝上做竹器。但房子却始终没有修，不知道到底因为什么。但最初平坝上只是堆放些东西，因为是沙石质地，所以地面上全是沙子颗粒，没办法晒粮食。有块能晒粮食的场子，我们称作院坝，但经常是湿的。有一年，父母见实在没处晒粮食，便到后山去背了些黄泥回来，用水调稀，然后覆盖在地面上，再抹得平平的，待干了之后，便可以晾晒粮食了。这件事似乎是我关于那块平坝最早最深刻的记忆了。

再后来不知道我几岁的时候，父亲在山下买了房，但却多年不愿搬下山去住，即使我们上学，父亲也是两地奔波。两地相距有近两公里，山路崎岖。父亲日出上山去，日落又从山上下来陪着我们。纵然辛苦，却总不愿意搬家。父亲总是说，那是祖业，得守着。

后来终还是搬离了山上的老屋，但父亲总是念念不忘。

忽然有一天，父亲竟然给我说，等百年之后，想回到老屋的祖坟场。这个我倒是可以理解，但我却对父亲说："您在那山上，荒山野岭的，逢年过节谁来给您烧个纸？就算坟上长满荒草也没谁给您拔。"父亲总是叹气。

后来，父亲真的去了，我终是没有把他送到山上，而决定把他留在离家不远的地方，稍稍走几步，也就能看到他的墓地。我努力把他的墓地修得美观一些，希望他不要怪我，也希望他留在那儿能开心快乐。

在父亲的墓碑上，镌刻着这样一段文字：

任岁月的车轮在瘦弱的身体上来回地辗过

柔肠一寸愁

任生命的重担在伤痕累累的肩膀紧紧地压着
您无怨无悔
一如既往地走完坎坷的道路
坚韧而勤苦
默默而执着

陪宝宝读书，在静心中感受生活的幸福

2016-5-25

　　陪宝宝读书，算起来也有些时日了。当然这里所说的陪读，实际上更多的是我读给宝宝听。这不知是从什么时候开始的，但细想起来，似乎从胎教就开始了。

　　那个时候，给尚在肚子里的宝宝准备的胎教资料不仅有音乐，还有《唐诗三百首》的录音光盘，另外就是我每天坐在床头读半小时的《水浒传》。每天晚间，坐在床头，手抚着宝妈圆滚滚的肚子，呱唧呱唧地读上半小时。宝宝那个时候胎动得厉害，但读了那么一会儿，她便奇迹般地不动了，着实让人惊讶——当然，她肯定是云里雾里没听懂，或许是听得倦了懒得理我们了。

　　宝宝出生后，有那么一段时间，没有继续给宝宝读书了，或许是因为她带给我们的幸福占据了我们所有的生活。直到她三四个月的时候，才又重新开始了为她读书的日子，那个时候读的多是《唐诗三百首》。或许正因为这样的做法，宝宝的语言能力发展得也挺好。首先是叫爸爸妈妈比较早，后来长句子表达也比较流畅，也早早地能背诵好些古诗词了。

　　去年，宝宝五岁生日的时候，我买了一套《四书五经》送给她，每隔那么几天，也读几篇给她听。当然，她肯定是听不懂的，但我希望她在上学以后的这十余年时间中，能把这套书读完。

其实，在这些年的陪伴中，读的什么我知道宝宝压根儿就不明白，即使是童话故事，也未必能明白多少。但在这个过程中，能引起她以后对文学的爱好，勾起她的兴趣，这个是我们想要的。更重要的是，每天下班，坐在沙发上，把宝宝拥在怀里，读那么一阵子书，自己首先有些收获，心也静了下来，和宝宝的情感也得到了提升，少去很多快节奏生活所带给我们的无聊和浮躁，在我看来，幸福的生活就是这么简单。

给女儿的一封信（写于女儿六周岁生日之际）

2016-7-6

亲爱的宝贝：

此时你正恬静地酣睡着，小脑瓜枕着双手，小小的嘴角洋溢着一丝笑意。看着你，心里是满满的幸福！

宝贝，昨天晚上你似乎有些委屈，你给爸爸说你不开心，当时双眼还擎着泪花。宝贝，其实你没有必要不开心。玩手机确实能给你带来些许快乐，但子豪作为客人，他到我们家来玩，你应该让着他啊；再说，从辈分上讲你也是长辈，更应该让着他的。爸爸让你读寓言小故事，你不也拼着拼音读了几篇吗？爸爸要悄悄地告诉你：读书比玩手机有用多了。你不也因为我送你一套《四书五经》而自豪吗？尽管你读不懂。但是宝贝，书可是个好东西啊，你一天天长大，读的书也会一天天增多。你就会发现：读书可以开启你蒙昧的心智，可以让你不断成长、不断进步，可以让你增长见识。最重要的是它能让你从无知变得有识，让你的心灵得到净化，让你的修养得到提升，为你塑造正确的人生观和价值观，做个好人，做个对家庭对社会负责任的人。宝贝，爸爸不是在你还在妈妈肚子里的时候就给你读文章、读名人文学作品吗？我知道你听不懂，但爸爸是希望能让你慢慢地喜欢上文学、爱上文学，从而能用心去感受自己的生活，去更多地体会自己生活的幸福。有一天，能做一个幸福的人，幸福地过好自己的生活。爸爸相信，你一定会的！

还有宝贝儿，在昨晚的事件当中，爸爸还想告诉你另一种好的东西，那就是谦让。谦让不会亏了自己，为什么呢？谦让或许让你感到吃了眼前的亏，受了眼前的委屈，但若谦让已成为你内心的一种习惯、一种准则时，在任何事面前，你就会更豁达、更坦然，你就不会因为没有得到什么而耿耿于怀，就不会患得患失，这样你反而会少很多的烦恼，少很多的不甘，少很多失去后的惆怅，这样你就会生活得很幸福。同时，宝贝儿，当谦让成为常态的时候，你的骨子里就有了谦让之心、仁慈之心，它会让你成为一个有涵养的人，有魅力的人，你就会更快乐更幸福。

宝贝儿，爸爸只是一个普通人，爸爸没有能力给你丰厚的家产，没有能力给你铺设"黄金大道"，更没有什么关系网，甚至爸爸连居委会主任都不熟，村组干部都不知道姓甚名谁。因此你的将来，也只能像爸爸一样白手起家，靠着自己的双手和力量去面对生活、面对社会。但要做到这些，唯有自己不懈努力，意志坚定，不怕失败，不怕困难，不向自己的处境低头。再加上你自己坦然的心态，良好的素养，将来生活虽然会艰苦一些，但你会过得充实，过得有意义，也会过得问心无愧，理直气壮，你就会幸福。这就是爸爸能给你的，爸爸相信它定会比"黄金大道"更有价值，更有意义。宝贝儿，爸爸要给你说的当然不止这些，今后会慢慢地、一点儿一点儿地告诉你的。

该醒醒了，穿上自己喜欢的衣服，洗漱一下，迎接美好的一天吧！

吻你，我心爱的宝贝！

爸爸

野菊花

生 日

2016-6-19

早晨醒来，女儿便爬到我头边，神秘兮兮地问我："爸爸，你知道今天是什么节日吗？"

这还真把我问得云里雾里，今天会是什么节日呢？端午刚刚过去，平时我自以为对中国的大小节日还是比较熟悉的，可此时脑袋转了好几圈却也没想出来今天是什么节日，便只有对女儿说："爸爸不知道啊。"

"今天是父亲节啊。"女儿说完满满自豪地笑着望着我。

"唉！"我心里暗暗叹气，父亲走了几年了，干爹也早于父亲走了，现在就还有个岳父了，可惜又没在身边。

说来惭愧，父亲和干爹在世时，我都不知道还有个父亲节，也还是后来才知道还有个父亲节和母亲节。

但是父亲在世时，我不但不知道有这个节日，甚至连父亲的生日都不曾知道，还是在他生命的最后两个月才知道了他的生日。

更让人惭愧的是，即使到现在，我连母亲的生日都还不知道。母亲说,她的生辰八字记在娘家一个抽屉底板上，但是这么多年，我都没有鼓起勇气去抄回来。

因为心里最深处总有那么些担心、害怕，还有几分忌讳。

　　父亲他们兄弟姊妹多，父亲的大哥的大儿子，我叫大哥，他比父亲的年龄还大。

　　大哥对我们很亲切，也很慈祥。有一年和大哥在一起聊天，他说他再过几个月就七十岁了，我便灵机一动，说："大哥，那你七十大寿的时候，我给你买个蛋糕大家一起贺贺！"大哥笑眯眯地答应着："好啊！还没过过生①呢。"我便想象着大哥七十岁生日那天，我们围坐在一起，大哥吹着蜡烛，我们一起吃着生日蛋糕的快乐情景。

　　但还是没有能等来那一天，在距离大哥七十岁生日还有不多日子的时候，大哥却因为药物中毒永远地离开了我们。

　　当我看到大哥时，他已经躺在一家诊所门诊部的床上，双眼紧闭，身边放着亲友送来的花圈，伴着香蜡的缕缕青烟，还有亲人的哭泣声……

　　心里除去痛楚，更多的是遗憾。遗憾没有能和大哥一起过上本属于他的七十岁生日，没有能吹灭本属于他的七十岁生日蜡烛，没有能吃上他分给我们的他的七十岁生日蛋糕……

　　从此，家人中，除了孩子之外，我便不愿意去记住谁的生日，不愿意为谁过生日，更不会给他们许诺买生日蛋糕，包括周围的老人们……

---

①过生：过生日。

小 红

2011-12-31

　　昨夜惊闻侄孙小红因病医治无效英年早逝，一夜总梦见他，心情甚是沉重。

　　一个活生生的生命，年仅二十二周岁不足，且在距离公历二〇一二年仅二十多个小时之际，转眼间就这么去了，让人总是有一种奔泪的感觉。

　　小红从出生后身体就表现出异常情况，后被诊断为先天性心脏病，二十多年来，家人四处求医，却总是没有结果。近几日突然发病，入院检查，医院说很多器官都已坏死，说小红能活到现在，简直是一个奇迹！在这样的情况之下，小红在医院十余天，按常理来说应该处于昏睡的状态，但小红每天却格外地清醒。好多人都说，他是想好好地活着……是啊，好好地活着，多么简单的一个要求！上天却最终没有给他这个机会！

　　小红很有事业心，几年前想跟我学电脑，我考虑到他的身体状况，怕电磁辐射对他不好，于是建议他学理发。后来他确实选择了理发，而且学得很努力，出师很快，在宁强各个理发店都打过工，受到各理发店师傅的一致好评，也受顾客的一致信赖。但他由于自身身体状况的原因，怕顾客会因他有病而引起不必要的误会，也怕给理发店造成不便，总是处于一种打游击的上班状态，以至于一两个月换一家发屋。多么善良的一个孩子！

在我们村子，小红也一致被乡邻认定为好孩子，惹人爱。他很喜欢小孩，周围的小孩他都喜欢带，小孩子们也都喜欢和他玩。每次碰到我们一岁多的女儿，总是给女儿买吃的，总是抱着溜达一圈，尽管他走一阵子就会上气不接下气——很喘。

现在他去了，真的有一千个、一万个不舍，但这也或许是对他的一种解脱，或许他到了另一个世界，不会再有病魔缠身，不会再有痛苦，不会再过得如此沉重，甚至或许还可以找一个自己心爱的"白雪公主"，双宿双栖……

但愿我们这最起码的祈盼会得到上天的满足……

默哀！

寻找癞蛤蟆

2005-3

说起癞蛤蟆，总是让人有点瘆得慌。长得奇丑无比不说，据老辈们说，碰了癞蛤蟆，它身体上的汁液粘到手上，手上就会长脉子。脉子我小的时候长过，在手背上，一个肉块，凸出皮肤好多，难看，好像还痒，而且一抓就会出血，很难受。因此对癞蛤蟆既敬而远之，又痛恨万分。总觉得那是个万恶的家伙，每次看到它，总会愤愤地用火钳或者铲子把它弄起来，使出很大的劲儿抛向空中。可是在坠落的时候癞蛤蟆不知道从哪位武林高手那里学到了"金钟罩"，身体会鼓鼓的，一点都摔不死，真让人气不打一处来。

去年，干爹被确诊身患重病，手术没有成功，这段时间已经卧床不起。干爹的孙子昊昊刚刚五岁，由于他爸妈常年在外地务工，因此我就经常带着他，他叫我"爹爹"。

昊昊是个聪明可爱的小男孩，很乖很听话，很讨人喜欢。走到哪儿他要么跟在我屁股后边，要么拽着我的手，一会儿"爹爹"一会儿"爹爹"地叫个不停。说"情同父子"一点儿也不为过。

小昊昊除爱黏我之外就是爱黏爷爷奶奶了，也就是我干爹干妈。但他更喜欢和爷爷奶奶在一起，因为我对他比较严格，在行为习惯和礼貌礼仪方面的要求要多一些。因此他可能想让我带着他玩，但又有点怕我。

　　今天周末，我像往日一样，先去干爹家看看，然后再回家。这么好几年，每次回家我都习惯去干爹家，干爹对我很好，更关键的是他俩儿子儿媳都在外省务工，大哥每年春节期间回家一次，二哥回家的频率要更少一点。干爹也的确把我当作他自己的孩子一样，疼爱有加。我去看看他们也希望以此来慰藉他们因常年儿女不在身边的孤单寂寞。每次去，总能愉快地度过一个下午。很多时候，下午吃过饭后，便一起和他们看上好一阵电视节目，然后睡到第二天早上才回家。

　　今天去干爹家，看干爹卧床不起，状况并不怎么好，说话也有些吃力。吃过饭后，见没办法和干爹过多地交流，看着他被病魔折磨得只剩下皮包骨，甚是心痛。回想起这些年和干爹在一起的点点滴滴，心里的酸楚直往上涌。我便想还是回家去，看着干爹那么痛苦，自己却无能为力，留在这又能做什么呢？

　　走的时候，小昊昊也要和我去，我便带上他。

　　路上，我们骑着摩托车，小昊昊坐在油箱上——这是他一贯坐的地方。风呼呼地从耳旁掠过，颇有几分凉意。

　　小昊昊突然问我："爹爹，你们那里癞蛤蟆多吧？"

　　"这几天哪有癞蛤蟆呢，癞蛤蟆夏天才有呢，这是春天。"

　　"这要是夏天就好了。"小昊昊喃喃地说。

　　回到家，家里的玩具很少，我便给他找来他以前玩的小锄头，让他在院场里挖挖小草什么的。小昊昊拿着锄头，并没有像往日那样兴高采烈地挖着小草，而是拽着我的手："爹爹，走，我们去挖癞蛤蟆！"语气也容不得我有半点推辞。

　　"挖癞蛤蟆？"

　　"是啊，我爸爸就是在田坝里挖到的。"

　　"癞蛤蟆好脏啊，我们不去了。"我试图劝住他。

　　他却仍紧紧地拽着我的手，不依不饶："走嘛，爹爹，走嘛！"语气里带着央求，眨巴眨巴的双眼似乎都要流泪了。

　　"挖癞蛤蟆干什么？"我还是忍不住问。

　　"给爷爷吃啊，爷爷吃了癞蛤蟆病就好了！"

野菊花

我的心猛地一震,他双眼眨巴眨巴地望着我。原来他黏着我来全是为了这,为了爷爷的病……

我没有再多说什么。我牵着他,他拿着小锄头,我们走过好几个田埂,也翻开好多稻草,但我们一只癞蛤蟆也没有看到。

小昊昊显然很不开心,嘟着嘴巴始终不高兴。

晚上,很晚了他总还是不愿意睡,我讲了好几个故事也难把他哄睡着。最后估计实在是困了,他打了个呵欠,柔柔地问道:"爹爹,你说明天癞蛤蟆会出来吗?"

还是癞蛤蟆,我想给他讲癞蛤蟆冬眠,想给他讲春末和夏天到了,温度升高了,癞蛤蟆便会苏醒过来,就会从土里爬出来。

但我什么也没有说,我说什么呢?他已经迷迷糊糊地睡去了,迷迷糊糊中,又听见他那极柔弱的声音在念叨着:"癞蛤蟆,癞蛤蟆……"

这一夜,注定无眠……

戚 哥

2016-12-7

戚哥进了敬老院了！

这是文哥刚刚告诉我的。

我很惊讶！

文哥说，戚哥病了，住院做了脊柱手术，做了内固定，然后感觉手慢慢不听使唤，就又手术把内固定取除了，然后就瘫痪了。之后被送去敬老院了。

我不知道两次手术让戚哥受了多大伤痛，惭愧的是这么大的事儿我却半点消息都不知道。

戚哥是我的表哥，三姑姑的儿子，五十多岁了一直没有成家。

戚哥长得不帅，看起来很憨厚，但身形魁梧，一米八以上，不光个子高大，脚也大，市面上是买不到适合他穿的鞋子的。年轻的时候，春夏秋三季一般都是光着大脚，到了冬季，要么用棕包着脚，要么买市面上最大码数的解放鞋，割去鞋后跟，然后再用棕接上一截，便是最好的了。后来，戚哥到外地去打工，恰好路过鞋厂，便量脚订做了几双特大码的鞋子，这之后才算基本解决了穿鞋子的苦恼。

戚哥还有一身大气力，据说背个三百斤重也算是小轻松。这也是他引以为自豪的一点，但也受到一些人的捉弄。他给我们讲，有一次，有人跟他打赌，让他把一个三百斤左右的铁斗子扛起来，说如果能扛起来就给他十块钱。他真钻到铁斗子下面，然后居然真扛起来了，还走了几步。当他使劲把铁斗子扔向旁边时，竟然发现铁斗子上面还爬着两个人。大家都夸赞他力气大，跟他打赌的那人还真给了他十块钱。他笑，满满的一脸的自豪。

因为他这几"大"，我们小的时候老笑话他，尤其笑话他那双大脚。他却不生气，笑一笑，再和我们闹腾一阵。

戚哥的一身大力气，加上人憨厚老实，所以到处打工，攒了些钱，也过得挺满足。

二〇〇〇年七月，我考上汉中师范学校。虽不负父母期望，但随之而来的便是高昂的学费，愁坏了父亲。父亲当时已经六十二岁高龄，早已因我上初中被折腾得心力交瘁，因此这时更是一筹莫展。在这个关键时刻，戚哥借给了父亲三千块钱。三千块钱在当时来说不是个小数目，这可能是戚哥两三年积攒下来的全部家当。记得当时教我的初中老师一个月工资才二百多一点。我们全家非常感激，就这样我得以顺利入学。后来我毕业工作后，这笔钱分三次才还给戚哥。

二〇〇八年，汶川地震后，戚哥趁着灾后重建的大潮，用所有积蓄和文哥一起在公路边修建起两间砖混结构的新房，告别了以前出门靠走的交通方式，搬离了半山坡的老房子。这以后，戚哥虽然更苦更累，但似乎又看到了希望，人也比以前更快乐了。

不幸的事在二〇一三年降临到戚哥身上。戚哥在外出打工回家的路上，骑摩托车摔伤了，伤了腰椎，很严重。但戚哥坚强地挺了过来，不久，竟然能穿着笨重的铁衣行动自如了，但却干不了重活。也因为这次事故，戚哥几乎花光了近年的积蓄。因为这次事故既不符合农村合疗的补助条件，也没有得到工地老板的责任分担。

今天，文哥忽然到家里来。谈到戚哥的遭遇，听着很是让人心酸，文哥也是叹气："没办法啊，他们[①]把他直接从医院接到了敬老院。他去住院时借了三万多块钱，合疗补助后退款也全部归于敬老院，他的房子、名下的土地和积蓄，据说全都归于敬老院。他也不想去，他们[②]接他去的时候，他两眼泪水

---

①②他们：指敬老院工作人员。

柔肠一寸愁

……"

　　我忽然有点想去看看戚哥的冲动,这么一个憨厚实在的人,上天怎么这么捉弄他?多想为他做点什么,可是又不知道能为他做点什么!

　　是啊,我能为他做什么呢?

　　我只能祈祷上天,能让他慢慢好起来,慢慢地好起来……

　　戚哥,你一定要坚强!一定要慢慢地好起来……

天涯若比邻

我的第一本书

2016-3-4

读过牛汉前辈的《我的第一本书》，忽然也想写写自己的第一本书。当然，它没有牛老第一本书承载着那么多内涵，但它也有自己的故事。

小时家住在山上，父母以农耕为业，家里没有任何书籍，我发现的只有一本没头也没尾的很残破的《三字经》，是用毛笔写成的。据父亲说，那是爷爷抄录的。父亲也曾教过我几句：养不教，父之过；人不学，不知义。

但这不算真正意义上的第一本书。我真正的第一本书还是上学后的课本。至于开始读书后到底有多少本书，记忆中已经没有了印象。只有一本语文课本至今记忆犹新。

我那时上学没有幼儿园，也没有学前班，直接就读一年级。

我上学第一课读的是"a，o，e"，不知道是什么意思。老师这么教，其他同学也这么读，我们也就跟着读。那时候肯定还有其他科目的课程，但印象中却只有了这语文。

语文课本封面记得印着两个很大的字："语文"，好像有一幅春天的图，但印象不深了。

我们每天翻着书，哗啦哗啦从前翻到后，书的边角就卷了起来，我们就用小手使劲想把它抚平，结果却不但没有抚平，双手黑乎乎的脏东西也附着在了书页上，看上去很不雅观。这样不久，书的封面就掉了。

一日，父亲见书没有了封面，便严肃地问我："你书的壳壳①呢？"

我说："我也不知道，弄掉了。"

父亲更严肃起来："读书要爱书。你把书弄成这样读啥书？"

后来，语文书的封面终还是没有找到。家里也没有报纸之类的东西，父亲也不允许我拿哥哥用过的旧书来包裹，书就那样缺了封面，裸露着里面的内容。

父亲除了不允许我们撕掉旧书之外，更不允许我们烧带字的纸。父亲说，字是"孔老夫子"的眼睛，烧不得！烧了眼睛会疼，还会学习不好。

后来有一天上学，我玩忘了，当天要交的作业放学的时候也没有做，和我们同村的另一个同学也没有做，老师便留我们在学校，说做完了再回家。我们望着空荡荡的教室，一下子不知所措。干什么呢？做哪里的作业呢？我们都不知道，只好坐在座位上发呆。

过了好一会儿，窗子外边探出个小脑袋，压低声音叫我们。我一看，是同村的另一个同学，住得离我家很近，高我一级还是两级呢，我却没记清楚。他招手示意我们靠近窗户，问我们怎么了，我们只能悄悄地告诉他被老师留下了。他又压低声音告诉我们，能带我们回家。

我们便悄悄地从窗户洞里爬出去，溜进厕所，然后从厕所旁的豁口溜到学校后边的小路上，然后一阵没命地疯跑。回头一看，终于看不到学校了，自己却累得坐在田埂上直喘着粗气。稍稍休息后，我们便一起回家了。

回到家当然不敢给父亲说今天被留在学校了。吃过饭，刚才带我们溜回来的同学又来找我。他说他知道作业在哪儿，让我翻开书，说把"g，k，h"那几个字母照着写在作业本上就可以了。我当然很认真地写了。第二天上学，我把作业本交给老师，老师并没有追究昨天逃跑的事，还夸我写得不错。

从那以后，不知怎的，那本书在我心里似乎一下子成了一种寄托，我竟慢慢地知道学习了，每天都好好地听老师教我们读那本书上的字母和拼音。

---

①壳（ké）壳：方言，封面。

93

后来字母拼音学完了，就有了汉字，我现在还记得老师教我们的汉字：人，口，手，山，石，田，土……

一学期结束，我的那本书竟然是全班同学的书中保存最完整、最干净的。其他同学的书好多都只有半本了，有的甚至成了一堆残片，又黑又脏，我们都戏称为"油渣子"，同学们还拿着自己的"油渣子"本本相互取乐。而我的书除丢了封面，封底稍有残缺，几乎还是很整洁的。

那学期结束后，在新学期的开学典礼上，我竟然还领了奖状。那是我领到的第一张奖状，奖状上写着：语文单科优秀。

我把奖状交给父亲看时，父亲笑着说："有出息！"

我却不敢告诉父亲我把那本语文书送给了杜同学。

杜同学是位女生，我的同桌。她家住得离我家不远，我每天上学都要从她家门前路过。

我上学第一天并不是和杜同学同桌的，和她同桌的还是因为另一位同学。

那时刚上学，父亲给我取名叫"万强"，可是班内有个同学和我同名同姓。我想用"万强"这个名字，他也想用，还说是他先取的。看他有点凶的样子，我就害怕得不敢说话。

有一次上课，老师说有事，让我们自己看书，不准说话，谁说话就让班长把名字记下来。老师走后，那个和我同名同姓的"万强"就开始不安分了，满教室又跑又跳，活像一个"小孙悟空"。放学了，班长真的交给老师一张纸条。老师读着纸条上的名字，当读到"万强"的时候，我害怕极了。老师问："是你们哪个'万强'？"我不敢作声，那个也叫"万强"的同学却一下子站起来，指着我说："老师，是他！"我不敢说话，身体吓得突突发抖，脸也吓得通红。老师见状，让我站起来，问我是不是上课说话了。我低着头，心里怦怦跳个不停，挤不出一个字来。老师又问班长，是哪个"万强"说话了。班长是那个"万强"的亲哥哥，他站起来，竟然也指着我说是我。我心里又气又怕，眼泪就快出来了。

正在这时，坐在我后边的一名女生站了起来："老师，不是这个'万强'。是那个'万强'在说话，这个'万强'一直没有说话，我看到的！"

我像是一下子遇到了救星一样，心里想：终于有人替我申冤了。

但最后老师还是相信了班长他们兄弟俩，看着他们俩膀子挽着膀子、脸上笑眯眯地走出教室，回家吃饭了，心里的气又不打一处来。老师罚我们打扫教室卫生，我便满心委屈和其他几个同学使劲地挥舞着手里的棕树叶笤帚。地面硬化得并不好，满教室灰尘弥漫。当我们打扫完走出教室的时候，我们几个同学头发、眉毛上就都是白扑扑的一层灰，我们谁也没有取笑谁，哪有那个心情呢，都各自闷闷不乐地回家吃饭。

但从这件事以后，我便对杜同学产生了好感。她是我们的文艺委员，每天上课前领我们唱歌："泥娃娃泥娃娃，一个泥娃娃，也有那眉毛，也有那眼睛，眼睛不会眨……"我觉得她的歌唱得真好听，声音很洪亮，也很悦耳。

过了不久，老师分座位（那时我已经改了名字了，改成了"万勇"，好像是父亲找学校一位老师给我改的名。我也不认识是哪位老师。那个时候我们只有上学了才有书名，未上学之前只有乳名），杜同学竟然给老师说要和我一起坐，我心里既暗暗高兴又十分害羞。其实也不知为什么高兴，是因为她帮我说话还是她的歌唱得好，我不知道。但害羞我却知道，是因为跟女孩子坐。那时候学校都是长桌子，长板凳。一张桌子两名学生，一张板凳也是坐两名学生。小的时候住在山上，就没跟女孩子玩过，忽然一下子跟女孩子坐着同一条凳子，脸都红得好比关公。

我虽然心里暗暗高兴着和她坐，却一直不敢看她，更不敢和她说话，整个人像根木头，但木头心里却开着花。一天，杜同学似乎终于忍不住了，问我："为什么不和我说话？"我嘟嘟囔囔不知道说什么，只是一阵阵脸红。她又说："以后要和我说话，知道不？"我半天终于憋出一个字："嗯。"但身上已经冒汗了。从那以后，我们便偶尔说几句话。后来，她竟从家里拿来些瓜子给我吃，甚至有时候还给我拿一两颗糖。我慢慢地也把她当成最好的朋友。上体育课，老师让玩丢手绢的游戏，如果该我丢，我总是围着同学们坐着的圈跑半圈就丢给杜同学，网鱼的游戏我也喜欢和她在一组，她有时值日我也总想帮着她。我的语文成绩也慢慢地好起来，我有时还给她说哪个字怎么写。

后来一学期结束了，老师表扬我的书保存得很好，而杜同学的书却破烂不堪了。杜同学满脸羡慕地跟我说："万勇，把你的书送给我嘛，你的书那么

好!"我竟毫不犹豫地给了她。她高兴极了,两眼笑嘻嘻地成了两条弯弯的月牙儿。

把书送给杜同学的事我当然不敢回家告诉父亲,这也成了我和杜同学的秘密。

我一直和杜同学坐了两年,上三年级的时候,我们换作另一位姓杨的女老师教,我和杜同学就没有坐到一起了。

但是杜同学还是我们班的文艺委员,每天还是领我们唱歌。三年级的时候她会的歌可多了,歌声还是那么动听、洪亮、悦耳!

那时候我的学习成绩已经是班上第一名了,既是班长还是学习委员。杜同学也常来问我作业,但我们都长大了些,似乎有些不好意思了。

但我心里还一直惦记着我送给她的那本语文书,我的第一本书,我希望她能一直保存着……

对 不 起

2014-4-9

　　我已经等了有五分钟了，老师还没有进来。
　　以前也经常到老师的办公室来，觉得这是多么熟悉多么温馨的一间小屋，现在却不敢抬眼去看这周围的一切。哦，头顶上的天花板还是那么洁白吗？那一盏白炽灯上老师编成的那个美丽的蝴蝶结还是那么漂亮吗？对面墙上老师贴的那幅出水芙蓉图还是那么清新淡雅吗？那朵粉色待放的花蕾有没有绽开呢？有没有一只红蜻蜓悠闲地停在上面呢？窗户上那副粉色的窗帘还是那么温馨吗？还是那样像是飘着淡淡的芳香吗？这一切，要是往日，我总会大胆地一览无余，大胆地去感受这温馨的屋子里的一切美好。但现在，这里的一切我是丝毫不敢抬头去看的，哪怕是一眼！我看到的只是我的脚尖，甚至连脚尖前面的地板都不敢去直视。我知道，今天，老师一定是生气了，一定是非常非常生气。要不然她怎么会那么大声地让我们两名同学站到她的办公室里来，怎么会？怎么会呢？我不敢多想。
　　老师，我最亲爱的老师，我最尊敬的老师，您会原谅我们吗？不是我不去检查卫生，不是我不去啊！我怎么会故意违背您的要求呢？我怎么可能违背您的要求呢？您知道的，我是不会呀！我压根儿就没有检

查过卫生,我不知道怎么计分,不知道给计多少分,不知道该给谁、给哪个班计分的啊!——老师,我可是不好意思告诉您这些的啊!

老师,您可知道我在心里是多么尊重您的吗?您虽然只是给我们班做了这半年的班主任,但您对我的偏爱,那是有目共睹的啊:每一节课您都会抽查我回答问题;每一次您进教室来都会第一眼瞅一下我的位置,看我在不在;每一次练习您都会让我到黑板上演示;每一天的作业您都会让我抄写在黑板上;每一次评选优秀学生您都会提名推荐我;每一天的作业您都会先批改我的,若是有一点问题,您都会把我叫到办公室一点一点地给我讲解清楚;每一次的考试测验卷您都会第一个批改我的;每一次您需要我们班同学帮一点小忙,您第一个总会叫到我;最关键的是,每一天下午最后一节课,同学们都让我来给您说——自由活动一节课,您可都是答应了的啊。也因为这,同学们对我可刮目相看了,就连以前欺负我个子小的几个大个子同学都对我另眼相待了。哦,还有,前天学校播出的播音稿,那可是您一字一句地修改好,让我在您的办公室抄写好投递的,那天学校播音室可是第一篇就播的那篇的啊。

可是,刚才您却突然点名让我去检查卫生!您知道吗,我简直不敢相信我会接到您这样一个要求,我宁愿没有听见;那个时候我是在发抖的,因为我不会,我真的不会的啊!我要是会的话,您就是让我爬上对面那座高高的大山上去看看有没有纸屑我都是愿意的啊。我知道我默不作声地杵在那里让您难堪了;我知道您看我不动,就叫副班长去检查,结果不知道为什么他却也杵在那里一动也不动了。我知道您肯定是生气了,肯定在心里埋怨我们,为什么这么不争气,为什么这么不给您撑面子。前几天您愤然把原先做了我们班近两年的劳动卫生委员撤职(因为他欺负小同学),您也是因为偏爱我,让我兼任班长和劳动卫生委员。我才兼任不到一周,就这样让您生气,让您难堪,让您失望,我是多不应该啊,多不应该!

屋子里好静,我似乎只听得见自己的心跳声,感觉四周的墙重重地压过来,喘气是那么困难;空气是那样地稀薄,似乎已经呼吸不到一丁点儿气体。脖子已经明显感觉到僵硬和疼痛,稍稍向右边转了一下,也似乎用了好大的力气。副班长也是和我一副模样耷拉着脑袋站在那里。我又使出全身力气向左转了一下脑袋,门还是虚掩着,总觉得外边有人推门要进来,但总是没有人进来……

　　门似乎还是动了一下，哦，老师，您终于进来了！您推门和进屋的声音并不大，但却似乎震得整栋房子都在摇晃。看着老师您的两只脚迈进屋子，我的两条腿早已经开始打战。我明显地听到老师您气愤的喘息声，心里似乎什么都没有了，全是白茫茫一片，只是感觉到地面在倾斜，在严重地倾斜……

　　"你们说，今天到底是怎么一回事？"近乎凝固的空气中传来老师您的声音，我全身开始抖动，感觉要倒下去；想要抓住什么，但什么也抓不住，全身抖得厉害。

　　"你们说，到底怎么一回事？"老师您再次发问了。我已经没有了力气来回答老师您的问题，我只听得见自己胸中怦怦怦的声音，脑中一片空白。我只有一个念头：千万不能让老师您知道我不会检查卫生，那是多么悲哀的事情，那是多么荒唐的事情啊！

　　老师您连续问了我两遍，我只是杵在那里，一声不吭。估计老师您也没有办法了，又问我身边的副班长："你说，到底怎么回事？"不知道为什么，老师您也是连续问了副班长两遍，可他竟然也是一声不吭。

　　"啪！"一个响亮的巴掌落在我的脸上，接着又是一声，不过这一掌好像没有落在我的脸上，因为现在还只是左脸火辣辣的。"啪！"又是一声，脸上还是没有感觉——还是没有落到我的脸上。但只过了有一秒，也可能是半秒，耳旁"啪"的响亮的声音再次响起，接着右脸也在顷刻间火辣辣的了。又是一秒，也可能是半秒，左脸开始接着火辣辣的，又是两声"啪"，右脸接着火辣辣的，并伴有蜜蜂的嗡嗡声，"啪"——左脸，"啪"，"啪"，"啪"——右脸。好像很有节奏，也好像没乱节奏，也没有乱顺序！

　　脸也不再是火辣辣的，而是发烫，两耳都飞来了蜜蜂，嗡嗡——嗡嗡——

　　老师您似乎已经停了。

　　"你们说，你们这样做对得起老师吗？"

　　"你说！"老师您先让我说。

　　我犹豫了有一秒，也可能有两秒的时间。我怕我不说又是两个脸颊"烫

99

烙饼"[1]。

但我该怎么回答呢？我压根儿就不知道啊，压根儿就不知道怎么回答。今天老师您是怎么了，怎么老提我不会、不知道的问题呢？

但怕是没有用的，我就是不知道怎么回答。

"你说！"老师您又问副班长。

"对……起！"他怎么很干脆地就回答了——但我压根儿就没有听清楚他怎么回答的，只听见两个字。

"对得起！"我别无选择，好像副班长也是这么回答老师您的。最重要的是我怕"烫烙饼"！今天是第一次，被老师这样左右脸开工一齐"烫"。虽然在家里爸爸也是经常"烫"我"烙饼"，但一直都是在屁股上，也没有这么疼。不知道是因为屁股比脸厚，还是在屁股上"烫烙饼"没有左右一齐开工，但也似乎印证了一句话：脸厚得跟屁股一样！

我的声音小得跟蚊子一样，甚至连蚊子都吓不跑！

"那既然你们都知道，为什么今天这样做？"

我们默不作声。

"你去洗！"老师您又发出新的指示。正纳闷，却见副班长两手红红的，连胸前衣服上都是红的一片——流鼻血了！我使劲抬起头才发现。

副班长去洗了。"用香皂洗！"老师您又指示。副班长又在那里磨磨唧唧地用香皂洗着。

后来怎么出的办公室，怎么回的教室，已经确实记不清了。

但从那以后，老师再也没有让我去检查过卫生，我也没有再去向老师请求我们全班最后一节课自由活动了。

但后来忽然有一天，我明明白白地知道了"对不起"是什么意思后，这件事便成了我内心深处一个永远的纠结，也是一个永远的秘密。

后记：对不起，我三年级的班主任杨老师；对不起，我们的副班长杜同学！一二十年没有见了，希望你们一切都好！想念你们！

---

[1] "烫烙饼"：即文中所说的"打耳光"。

怀念老金

2013-6-6

　　认识老金已经是很早很早以前的事了，那时候我还小，上小学二年级左右吧。老金也很小，大概十几岁的样子。记得他当时个子不是很高，一副中学生的模样。他是邻居家的亲戚，邻居是他姐姐。旁边的人都说，老金是邻居家的"小舅子"，我当时不知道"小舅子"是什么意思，只是觉得这个称呼很有意思，于是，就很想接近他。他人很和气，哄着我玩，给我逮蝉、摘树上的蝉蜕玩。不到两天，我们就很熟识了。

　　后来老金虽然到邻居家来走亲戚的时候较少（大概一两年来一次的样子），但每一次来，他都带着我一起玩。那些经历，在我孩童时期的心里留下了很美好的回忆。

　　后来的几年，我一直在外地读书，回家比较少，就再也没有见过老金。

　　过了大概六七年的样子吧，我被安排到一个地方开始工作，不曾想到，那里竟然是老金的家乡。我赶往那里上班的第一天就刚好碰见了老金，他个子长高了不少，应该三十岁左右了吧，怀里还抱着个小孩子（第二天就知道了，那就是他的宝贝，已经五岁了，上学前班）。我们都很意外。老金很热情，寒暄之后，很关切地问这问那。我感觉得到，我们之间的那份友谊

还在。

　　第二天又见到老金了，他说是送他家小孩来上学的，我们彼此打过招呼之后，他便邀我到他家去吃饭。我因为刚到那里上班，什么事情都没有头绪，再三推托。最后他说："反正我每天都会送娃来上学，今天已经礼拜三了，过两天，礼拜五我来接娃，一起到我家，咱们好好耍两天。"

　　过了两天，星期五，老金早早地就来到学校，他说他等着我，因为周五可以提前一个小时放学。等放了学，我简单一收拾，便和老金一起去了他家。

　　老金三兄弟，他排行老二，父母都健在，身体很硬朗，单独过日子，算是四个家庭。我去了之后，因为以前似乎都见过面，他们都很热情。我刚去那里工作，人生地不熟，能遇到这样的款待，真的很是感动。

　　老金可能是提前都安排好了的，去了不多久，老金老婆就招呼大家吃饭了。四家人都坐在一起，十几个人，两张桌子拼在一块儿。老金一个劲儿招呼我坐到上座，其他人也都招呼着。其实当时所有人中，除了他们各家的孩子之外，也就数我年龄最小了。我再三推辞，老金还是拉着我坐在了他父母旁边的位置上。

　　一桌子人都一个劲儿地招呼我夹菜，老金还特地跑到厨房去拿了一双筷子，不停地帮我夹菜。我当时真的感觉受宠若惊。

　　吃了一会儿菜，便开始喝酒。酒是自家酿的，老金给我倒了满满一杯，一塑料口杯啊。我这人一直没酒量，平时很害怕喝酒，属于"一杯倒"的那种。看到这样一口杯酒，我还真没有喝过。老金先端起杯子伸到我面前："来，我们两兄弟先喝一杯，好多年都没有见过面啦！先干为敬！"老金端起酒杯，咕咚咕咚两大口，一口杯酒就没了。我当时就怔住了，我的天，我可是第一次见这样喝酒的——不逊色于梁山好汉啊！我只好扭扭捏捏地端起杯子，抿了一小口——那个辣啊，赶紧端起水杯，咕咚咕咚喝了几大口才好一点。老金又在一边劝，我的确有些为难了，大家也都看着我，劝着我。我一咬牙，一跺脚，豁出去了，不喝也不够意思嘛！端起杯子，闭上眼，猛喝了一大口。咳咳咳——呛着了！老金赶紧给我拍背，又递给我水杯，让我赶紧喝点水。

　　忽然，老金恍然大悟似的说："我还有一坛'老宝'呢，今天开开尝尝。"

102

老金母亲见我呛着了，赶忙招呼老金老婆："那你赶紧去取。"老金笑嘻嘻地说："她找不到，我藏得好得很。还是我前些年到新疆打工带回来的，一直没有舍得喝。甜蜜蜜的，好喝得很！"

老金进了里屋，我们继续吃着菜，大概过了十分钟，他抱着一个木箱出来了。打开木箱，里面还裹着一层布袋，拆开布袋，露出一个瓷瓶，也像个坛子，密封得很好，很古朴的味道。老金在那里鼓弄了半天才拆开，先给我倒了一杯，又给老金父亲倒了一杯。然后对他哥哥和弟弟乐呵呵地说："我们还是喝刚才那个，这个他多喝点（老金目光转向我），我们前年在新疆也喝过一两回。"

老金放下酒坛子，又给其他人倒上刚才喝的酒，又端起来："来，你喝这个，好喝得很。来，大家都喝。"一仰脖子，又喝了多半杯。

我这时已是脸都热了、红了——我喝酒真的不行啊！但我又怎么推辞呢？只好端起杯子，喝了一点，哎——确实不再是刚才那么辣了，还真有一点甜味，很清凉，很清爽，是我没有喝过的酒的味道。

那天我竟然慢慢地将那杯酒喝完了。估计他们看我确实没有酒量，后边就一个劲儿地招呼我吃菜。

但那天我还是醉了，可以说醉得一塌糊涂。等我醒来，已经第二天日上三竿了。老金他们早就起来了，我起床，他就赶紧招呼我洗脸，就等我吃饭了，但我头还是有点晕。

吃过早饭后，老金约我去山上，说昨天早上在山上安了一个套野味的套子，去看看，运气好的话，还能吃上一顿野味呢。

九月，当其他地方还是酷热难耐时，这里已是山风习习。空气清凉，山上的树叶在深绿中已经有一些红色与黄色了。我和老金，还有他五岁的儿子和十岁的侄儿金辉，在连绵起伏的山林中穿梭，踩着厚厚的落叶，耳畔是清脆的鸟鸣。

那天虽然没有见到老金安装的捕猎套上有野味，但他十岁的侄儿摘了一大把叫映山红的花。我记得我家乡的映山红是春季开花的，是一种低矮的灌木类植物。但这里的映山红是一种很高大的树，九月开花，花朵有小孩手掌那么大，比家乡的映山红花朵大了三四倍的样子，但外形和家乡的映山红是一样的，是家乡的映山红放大了的模样，色彩上白色带紫，略逊于家乡映山红的色彩。我从

小在山中长大,对山有一种特殊的感情。那天我不但感受到了家乡的味道,更回味了童年的情趣。我们玩得很开心。

我一直在老金家过完了那个周末。三天里,在他们四个家庭中轮流吃饭、喝酒,很高兴,一大家子人很是融洽。偶尔他们也玩玩牌,也下赌注,但是很小,只是象征性的,十块钱玩一半天。

后来的几个月里,老金,还有他的两位兄弟,经常邀请我和一起的两位同事到他们家做客。大家喝酒都很豪爽,我跟着也慢慢地锻炼得能喝一二两酒的样子了。

一次老金又邀请我到他家做客,让我一定要去。

酒足饭饱之后。老金把我叫到另一间房里,算是他们家客厅。老金进屋就说:"我前几天买了一台新电视,在人家店里试得好好的,回来却放不出娃娃,我昨天又背去,人家一试,又好了,可是回来又没有娃娃了。唉——把人折腾了一天,不知道什么原因。我这人又没有文化,你是老师,你给我看看。"

我的天,这里到县城去换一台电视,可是要走三四个小时的山路,然后乘坐仅有的两趟班车中的一趟去县城。电视可是那种大家伙,有八九十斤的吧。背着走那么远,是要有点魄力的。

老金的这台电视大概是近三十寸的彩电,要知道,这里当时还是黑白电视时代,而且大家收入又不是多高,大部分人还是以种地为生。因为是高寒山区,种地也没有多高的产量,再加之时有野猪等野生动物糟蹋,最后成熟归仓的就没有多少了。当时我记得自己刚上班时约定工资也才有五百一十三块"大洋",能下个决心买这样一台彩色电视机,我都惊讶了。老金啊,还真会享受生活!

我把电视开关打开,确实没有图像,但我一看电视机后边的音视频线,哦——原来老金把音视频线插错了。我迅速拔下来,重新插好,电视立刻图音俱全——好了!

老金立刻兴高采烈起来,像个小孩子,两眼闪耀着兴奋的光芒,一个劲儿地说:"看看,这就是巴适①,就是巴适,有文化就是不一样嘛。"高兴地说了三遍。

---

①巴适:方言,厉害。

悲剧在一天清晨发生了。

那天是放五一七天长假的第一天,我有两个多月没有回家了,有点归心似箭。

早早地起床,是因为头一天约好有一趟三轮车到集镇上去,可以搭个顺风车。要不然,就要走三四个小时的山路到集镇,那个时候班车可是早就到县城了——错过这趟车,可就要等第二天了。

在路过老金家时,天还是黑乎乎的,听见老金和老金老婆正在吵架,儿子在哭。

由于归心似箭,再看老金家房门也紧锁着,我也就走过去了。

到了搭车的那一家,有人说,他们昨天晚上在一起玩牌,老金输了,输了二十几块钱,回去之后老婆可能不高兴,就吵架了。

我只是在心里默念:别吵了,就输了那么点钱嘛。

我们几个人搭着三轮车走了,走了有三四公里的样子,后边来了辆摩托车。车上人说:老金没了!

什么,没了?怎么回事?

"唉——"那个人长长叹了口气,"这伙计啊,人那么随和,怎么就想不开呢,去上什么吊,寻什么短见呢!"

我们一车人都惊讶了,这么好个人,怎么说没就没了呢?我心里酸酸的,总有想痛哭一场的感觉。

我们搭乘的三轮车没有掉头回去,我还是回了家。

几天的假期里,心里总被这件事牵绊着,这件事也总是心里的一个疙瘩,我也就闷闷不乐地过了几天。

收假的那天,我早早地去了单位,带了些慰问品去见了老金父母。院落里狼藉一片,没有了往日欢笑融洽的氛围,他们都沉浸在痛苦中,看起来一下了苍老了许多。我只是安慰了一阵,不敢再提老金的事,也不敢问老金安葬在哪里,也终是没有去给老金烧一张纸钱。

后来,我调离了老金家乡,到了另一个离那里很远的地方上班。

到现在,十年了,十年这么快就过去了。十年之中,我没有再去过老金的家乡,也终是没有去给老金烧一张纸钱,甚至不知道他的坟墓在哪里。

野菊花

　　但与老金一起的时光总会经常萦绕在我的心头,有一次竟然还梦见了他,他还是那么随和,那么热情,那么豪爽。

　　十年了,不知道老金父母有没有从痛苦的深渊中走出来,他们都还好吗?

　　十年了,老金,你在另一个世界里还好吗?那里应该有好酒喝,也不用多辛苦就有钱花;你还玩牌吗?虽然玩牌赌钱不大好,但在那里玩个牌,下个小注,应该没有谁会打扰你吧?祈祷你每一场都赢,每一场都玩得开心。

　　每一年逢年过节,我烧在十字路口的纸钱,见者有份,你是找得着路的,自己去领些。开开心心地花,快快乐乐地花吧……

金 辉

2014-5

近日，忽然听到消息：金辉结婚了！这孩子，这么大的事竟然都不给我说一声。

我与金辉失去联系已经好多年了，具体多少年，我也记不清了，只记得最后一次和他见面是他初三毕业考试的时候在宁强匆匆一见，最后一次通电话是他在汉中上学让我帮忙招生，之后就再也没有音信了。后来我曾托人捎信给他，也是石沉大海，从此就没了他的任何消息。

当年我刚从学校毕业，踏上教育生涯的第一站便到了他的家乡，那所学校是一所村级小学，共有三名老师，算上学前班却有七个年级。金辉当时是五年级，我只给他上过几节课，因为他的姑姑和我是邻居，我们第一次见面后就像是久别的熟人一样，之后自然成了朋友。

我们三位老师中，有两位都是当地的，每天下午放学之后他们一般都离开学校，而我离家百十里，因此只能以校为家。毕竟刚从学校毕业，离开了群体生活，确有点孤苦伶仃的感觉，金辉便借着来学校让我辅导功课的名义在学校陪着我。

我们在一起，似乎没有了师生间那种拘束，我们俩嘻嘻哈哈，或打打乒乓球，或栽种些花草，还养养

小狗，有电的时候还可以看看光碟听听歌。有了金辉，心里的孤独感确实也就消逝了。

金辉还经常叫我到他家去做客，一大家祖孙三代，都那么淳厚真诚，每次去总是菜肴丰盛，其乐融融。

但是在我在那里任教的一年中，金辉的二叔却走了，这件事对金辉打击挺大，好长时间都见金辉闷闷不乐。

我在金辉家乡任教只一年的时间就离开了那里。后来听到的却是金辉的父亲和他三叔一起出了车祸，俩人都不幸撒手人寰的消息。可惜我知道这个消息的时候事情怕是都过去一年半载了，分外愧疚没有前去悼念，没有及时和金辉取得联系，没有给他一句安慰的话。他那个时候恐怕比我当年一个人孤苦伶仃地待在学校更需要安慰吧！我想。

但我终没有给他一丁点儿慰藉。

再后来就是在宁强碰到他参加中考。见到他时，似乎有一种冲动，却不知道用什么语言来表达。我便请他吃了饭。因为他怕老师找他，在我们一起吃完饭之后就匆匆回到住处去了。我们约好第二天考完试后再见见面叙叙旧。

可是等第二天等试考完后，我要组织我这边的学生回校，接他回校的车也停在了他住处的大门口。我来不及多想，匆匆买了些东西给他让带给他的爷爷奶奶，然后挥挥手，我们就那样分别了……

金辉中考可能并没有拿到理想的成绩，后来他去了汉中某学校上学，也就给我来了一个帮忙招生的电话，之后再也没了消息。

现在算起来，与金辉没有见过面恐怕已有快十年了吧，我们一直没有任何联系。至于他后来学上得怎么样，步入社会踏入什么行业，又是怎么结的婚，爷爷奶奶都好不好，后来在"5·12"汶川地震中又是什么情况……我终是一无所知。

但不管过去多久，也不管世事怎么变迁，当年金辉和我在学校的那段时光总是那么清晰地印在脑海里。他那小小的个子，满面的笑，恍如总是在昨天，总是在眼前……

怀念阿洁

2015-3

多年没有阿洁的消息。

几年前见过她一回，胖了，还是满脸笑容。

但她在我印象中还是那个瘦瘦的、扎马尾辫、瓜子脸的样子，爱笑——笑容挺迷人。

那一年，我孤独地在那个地方上班，那是她的家乡，算得上真正意义上的高寒山区，交通不便，进出山要么步行，走着泥泞的山路；要么乘坐三轮车一颠一簸，要多半天的时间才能到达县城。但人们一般是不出山的，奔波劳累不说，若遇上雨天，就只能踩着泥泞的山路一步一滑地前行，好长一段路又是没有人烟，因此也就没有了出山的信心。

那里气温下降的时间较早，加之雨天较多，十一国庆之后瑟瑟发抖的日子就开始了。绵绵秋雨中，瑟瑟秋风中，孤独就更不离不弃地缠绕着我，在我的内心深处发芽、生长……

也难怪，刚从市里的学校毕业，过惯了和同学们吵吵闹闹的日子，一下子离开了繁华大街，离开了那些推推嚷嚷的死党们，离开父母，离开原来熟悉的一切，到那个陌生的地方，坚守在那里，一种与世隔绝的感觉总是无法摆脱。每天下午，人们都离开了，在那个山梁上，就只有个我，守着一排房子。东边，是一片山林，风吹动林木，呼呼——唰唰——，幸亏不是鬼哭狼嚎的声音；西边，是一个坟场，草木丛生，也是不敢去想。最近的农家也有两百来米，但起初又不熟。

洁的出现，不知道是什么时候，关键是不知道什么时候引起我的注意，或许是她那银铃般的笑声，那让人回味的笑。

她总让我想起一首诗：

撑着油纸伞，独自
彷徨在悠长、悠长
又寂寥的雨巷
我希望逢着
一个丁香一样的
结着愁怨的姑娘

她是有
丁香一样的颜色
丁香一样的芬芳
丁香一样的忧愁
在雨中哀怨
哀怨又彷徨

她彷徨在这寂寥的雨巷
撑着油纸伞
像我一样
像我一样地
默默彳亍着
冷漠、凄清，又惆怅

她静默地走近
走近，又投出

太息一般的眼光
她飘过
像梦一般的
像梦一般的凄婉迷茫

像梦中飘过
一枝丁香的
我身旁飘过这女郎
她静默地远了、远了
到了颓圮的篱墙
走尽这雨巷

在雨的哀曲里
消了她的颜色
散了她的芬芳
消散了,甚至她的
太息般的眼光
丁香般的惆怅

撑着油纸伞,独自
彷徨在悠长、悠长
又寂寥的雨巷
我希望飘过
一个丁香一样的
结着愁怨的姑娘

  我疑心洁就是戴望舒希望遇到的那个丁香一样的姑娘,现在我却与她在这里不期而遇了。只是,她,没有了那份愁怨,有的是她迷人的笑,撑着油纸伞的典雅和像梦一样的清莹,那丁香一般的圣洁。让我在这里,遇见了……

野菊花

　　我没有和洁过多地去交往，我觉得洁是用来守望的，是那朵出淤泥而不染的芙蓉，只可远观，只可守望，只可在心里去静静地品味。只能在孤寂的时候把她填在心底深处，使得那无边的孤寂、那繁茂的枝叶可以生长蔓延得慢一些，缓一些……

　　每天，在洁银铃般的笑声中唤来清晨第一缕朝阳，在朝阳的亲吻中，我的新的一天开始了。不再去纠缠那无尽的愁怨，不再去计较那无端的寂寥，一切都在阳光中……

　　感谢洁，那个丁香一样的女孩……

　　感谢洁，那银铃般的笑声，那迷人的笑……

　　撑着油纸伞

　　独自徜徉在

　　悠长、悠长又清莹的雨巷

　　我竟逢着

　　一个丁香一样的

　　扎着马尾辫的姑娘……

尤 老 师

2016-12-24

遇见小松同学已经两年多了，他却一直没有引起我特别的注意。忽然有一天，我突发奇想，问他："你是胡家坝的？"

他微微一笑，点点头答应我："嗯。"

"那你姓尤，是否知道一位叫尤康的老师？"

"他是我哥！"

天哪！简直太出乎我的意料了！我早应该想到，在我们本地，尤姓本身就是稀有姓氏。第一次遇见小松同学就应该问问他。

尤老师是我以前的一位老师。那时我还在家乡上学，有一年，学校分配到了好几位年轻帅气的新老师，其中就有尤老师。而尤老师又是他们中最为帅气又不乏斯文气的一位，还有幸成了我的班主任。

尤老师给我们当班主任而且是语文老师。我那时个子小，人也胆小，性格内向，可是学习成绩一直好，因此老师们都很偏爱我。我在老师们眼里也是很乖很实在的学生，尤老师也一样很偏爱我。他让我做班上的学习委员，虽然那么多年我一直是学习委员，但被新老师重新任命，感觉还是蛮自信和荣耀的。

尤老师人帅气，个子高，瓜子脸又有几分秀气，

讲话温和又文绉绉的，我们都很喜欢他。他对待我们学生和蔼可亲，总是面带微笑，下课还允许我们去他房间喝水。那时我们学校没有自来水，生活用水需要到学校河对岸用桶去提。从学校操场边的大门出去，要走一段大路，在我的记忆中，那段大路一直比较泥泞，然后过几道田埂，田埂也是泥泞不堪，坑坑洼洼，而且路也不宽，到了河边，再经过用石块搭成的"石步子"过到河那边。河那边有个水井，就在那里打水。在夏季，我们好多同学都会从家里带上空酒瓶子到学校，趁中午没上课时或者课间十分钟跑到河对岸去打水，然后放在课桌抽屉里，上课趁老师不注意或者下课喝。还有些同学不知从哪儿弄来打点滴的空玻璃瓶和点滴管，玻璃瓶的瓶塞是橡皮塞，可以把点滴管一头插进橡皮塞伸进瓶子里，而水却不会流出来。上课时想喝水，只要把点滴管另一头含在嘴里一吸就可以喝到水了，很方便又不会被老师发现。而我们用的空酒瓶则不行，因此我们都很羡慕他们。

从学校到河对岸打水来回有八九百米，去时还好点，回来时提着一桶水，走在那样泥泞不平的路上，肯定够呛，因此好多老师都不大欢迎学生去他们办公室喝水。尤老师却是有求必应，满面笑容地答应我们喝水的要求。

记忆中尤老师讲课的声音也格外好听，温和中带着抑扬顿挫，我们全班同学都爱听他讲课。我虽然胆小，但课堂上也爱回答问题，听讲当然很专心了，因此他讲的课也容易听懂。

有一天，学校来了一位非常漂亮的姐姐，看起来和尤老师很亲密，班里有些同学说，那是尤老师的女朋友。我虽然不知道女朋友是什么意思，但看到他们俩那么亲密的样子，也就能猜出个八九分了。我们都围在他办公室门口张望。说实在的，我们这些山里的孩子，在那个年代也是缺衣少食，同学们整天都弄得灰头土脸的，头基本都没有洗过，也没有钱进理发屋去剪发，大多都是家长自个儿用剪子剪短了事。

我们都很害怕家长给我们理发，理发后浑身不仅被头发刺得痛苦不堪不说，而且满头都是一个台阶一个台阶的梯田式的状态；不过这还好点，有些家长给孩子理发是四周用剃须刀一圈刮光，头顶的头发留着，就像一个西瓜壳顶在头上。我们都会嘲笑这样的发型，更有同学给这个发型取了个既低俗又带有侮辱性的名称，叫"尿罐子底底"。我不知道这二者有何联系，但听到这样一个叫法，觉得实在无法接受，因此每次理发都十分害怕父亲给我理成那样的发型。我们一群顶着脏兮兮的头发、穿着破旧的衣服的同学，看到那么漂亮的一位大姐姐，简直像看到仙女一样——我们这山里哪见过那么漂亮的女孩子，真的只能用"仙女下凡"来形容了。因为这，我们对尤老师又是刮目相看，认为他简直太厉害了，竟然有这样一位漂亮的仙女姐姐做女朋友。下午，尤老师要送那位仙女姐姐回去了，他们一起走在河对面的山路上，我们一群同学又集结在教室前的土盖上，一直目送他们俩消失在视野中还恋恋不舍。

我们山里孩子的家长都忙于农活，对孩子上学的监管是很欠缺的，但对老师却是很尊重的。

家长们最荣幸的事是能把老师请到家里做客，但也一般需要在特定的时候，比如家里有什么大点儿的事情摆上几桌，这时请老师来菜肴会比较丰富。可我们家里那一年没有什么需要摆上几桌的事儿。终于，在第二学期五月份的时候，那天家里找人帮忙插秧（插秧一般会有比较多的菜肴），父亲便让我看能不能请尤老师下午到家里来吃顿饭。我高兴极了，中午上学时，总想着这件事，可是又不大好意思跟尤老师说。最后在第二节课下课后，我惴惴不安地跑到了尤老师办公室。我跟尤老师说我要喝水，他像往常一样欣然答应了。我用水瓢在桶里舀起水喝了几口，然后怯生生地说："尤老师，我爸下午叫你到我们家里吃饭，我们今天栽秧①。"尤老师先是推辞，但见我窘在那儿涨红着脸急得不知道说什么时，便又干脆地答应了："好，放学跟你一起去。"我如释重负，一溜烟儿跑回教室，心里无比欢喜。

下午，尤老师果然和我一起往我们家走。一路上同学见状，都羡慕得不得了。

到家，帮忙插秧的左邻右舍也都回来了，见我把老师请到家里来，都热情地招呼，还一个劲儿地夸我有出息。

吃饭时，乡邻们都很热情，请尤老师坐在上座，又是招呼他吃菜，又是一个劲儿地劝酒。我们农村待人越是热情，就越是使劲儿地劝酒。

①栽秧：方言，即插秧。

115

尤老师倒也入乡随俗，和大家喝得很尽兴，豪爽劲儿一点儿也不弱。大家都喝得红光满面的时候，劝酒的热闹劲儿好像还没有任何减缓，大家又是行酒令又是猜拳。看着尤老师慢慢有些招架不住了，我站在他身后，心里一个劲儿地着急，可是却没有半点作用。忽然一个邻居对我说："你去厨房看看有什么吃的，先给老师舀一点。"我赶紧去厨房一看，大嫂正在灶台点豆腐，一大锅豆浆在锅里热气腾腾，豆腐渐渐析出。我问嫂子："三姐（我一直管大嫂子叫三姐），饭呢？"

嫂子说："饭已经冷了，我们正在煮酸稀饭，他们在喝酒，吃酸稀饭正好。"

我见满锅豆腐已经成型，便拿起一个碗，舀了满满一碗豆腐（我想，豆腐应该是最好的了）。当我把满满的一碗豆腐端给尤老师时，坐在桌子上的人中间有人开玩笑地说："哇，这么大一碗豆腐，要把老师吃得翻白眼呢，给我们每个人都舀一碗啦。"我一看他们，知道煮酸稀饭豆腐不是很多，而且也不是这个时候吃，便傻笑着对他们说："没有了。"他们都大笑。尤老师见大家笑，有点不好意思吃了。大家都劝他吃，他总是笑着摆手。那碗豆腐就一直放在桌子上。

后来尤老师怎么回的学校，我已经记不清了，好像是我和邻居一起扶着他回去的。

回到学校之后，尤老师醉得不成样子，晚自习也没办法给我们上，就躺在他宿舍的床上。胡老师和几位老师来看他，给他倒水喝，他含糊地说着话，一会儿便哇哇地吐了，吐了好久。胡老师跟另一位老师在他房间里，我站在他房门口，却不知道干什么，心里内疚又着急。

过了好久，同学们也下晚自习了，教室里关了灯，黑乎乎的。尤老师房间里也安静了，没有了呕吐声，胡老师他们也回去了。我一直站在教室门外黑乎乎的树林子里，盯着尤老师半虚掩的门。黑暗的夜色中，害怕和担心交织，懊悔和内疚交织。好久我才忐忑不安地摸黑回到家里。

第二天一早到校，尤老师已经起床了。我们在教室早读，他进来了，我一眼看出他脸上的疲惫，精神也比往日差了些，我不敢抬头看他。

也是从那以后，我上课再也不敢抬头看黑板，也不敢看一眼尤老师，更不敢举手回答问题了。我坐在挨着讲桌的位置，尤老师有没有注意到我的变化我不知道，但我内心充满的对他的内疚却是满满的。

后来有一天，尤老师或许注意到我的反常和变化，便用他那一贯温和的声音提问我回答问题。我慌忙站起来，抬起头，看到我好久没有看到的他那帅气和清秀的脸庞。在我和他目光碰撞的那一刹那，又见他一贯保持在脸上的温和的微笑，我这些天一直内疚的心忽地放下来许多。

后来的日子里，尤老师还是那么一如既往地和蔼地对待我们，我们都很喜欢他，觉得他是我们遇到的老师中最好的一位。

那一年秋天，我们没有再见到尤老师，听其他老师说，他调走了。我们也不敢问老师们尤老师调到哪儿了，从此便与尤老师失去了联系，但心里却一直记着他，想着他。

好多年之后，我也像尤老师一样，走上了教育的岗位。在一次同学的婚礼上，我见人群中有个脸庞，像极了尤老师，虽然十多年过去了，但他那张帅气又十分清秀的脸却十分清晰地刻在我的内心深处。我挤过人群，走到他面前。多年不见，我有点激动，心里这么多年的记忆终于在这一刻又出现在眼前。我叫道："尤老师！"并向他伸出我的右手。他有些疑惑地看着我，也伸出右手，我们的手握在一起。这就是我多年来那么仰慕和牵挂的尤老师，今天我们竟然能把手握在一起！我问尤老师："现在在哪儿？还在教书吗？"他微微一笑："嗯，还在，在一个小学。"

由于当天要为同学料理婚礼事务，我们就这样在匆匆寒暄过后各自忙着了。当同学的婚礼告一段落后，我在人群中努力地搜索着，却再也没有找到尤老师那张帅气而清秀的脸庞，我懊悔竟然没有留下他的电话。

现在见到小松同学，得知他是尤老师的弟弟，无形中多了几分亲切感。

但不知道尤老师心里是否还曾记得，他第一年工作的地方——二郎坝小学，他曾带过的第一届学生中有个我。也不知道他和那位漂亮的仙女姐姐后来又有着浪漫还是伤怀的故事。

怀念尤老师，他在我的记忆里，在我心中！

杜老师，走好

2016-11-27

好久没有回家去了，今日回去，却得到杜老师逝世的消息，着实让人意外，也深感惋惜。

在我印象中，杜老师是位精气神俱佳的老人，怎么这么就去了呢？

杜老师是我小学时的一位老师，做过我的班主任，带我们数学，还带我们音乐。

这么多年后，说实在的，数学我好像只记得正数负数那一章节内容了，而音乐到现在还清楚地记得他教我们唱的《铁牛》儿歌，现在还能哼它的调子："张铁牛，李铁牛，我家有个大铁牛，不吃草来只喝油，突突突突，突突突突……"当时我们并没有见过所谓的"铁牛"，因此也不知道铁牛是什么，但我们却发着五音不全的音调唱得不亦乐乎。这堂课快下了的时候，杜老师和蔼地笑笑，竟然说："你们回家可不能唱哦，不然你们爸爸收拾你们呢！"我们一下子觉得这"大铁牛"莫不是指的爸爸？他每天日出而作，日落而息，勤苦劳累。

后来，有个同学说铁牛指的是拖拉机，耕地的。我就更纳闷了：我们几个村子只有我们班上一个女生她爸有辆手扶拖拉机，只见过拉东西，怎么去耕地呢？百思不得其解。但杜老师教给我们的儿歌却着实让我们快乐，课余时间，总是咧着嘴和同学们一起唱，当然，五音不全的毛病却无法改变！

　　杜老师对我们要求很严格,也很严厉,尽管他平时总是乐呵呵的,但同学们都很怕他。只要说杜老师来了,同学们总是规规矩矩的。也因此我们班学习比较好,各方面也都做得好。我记得好多次卫生评比都是第一,至于我获得过多少奖励,现在都记不清了。但有一次得到学校奖励的一支钢笔,却是我得到的第一份最珍贵的奖品。那支钢笔一头是钢笔,另一头一转动,油笔芯便出来了,甚是奇特。奖品是开家长会爸爸亲自去给我领回来的,但却因为家里没有墨水后来只得给高年级的哥哥用,还是他用两支油笔和三支铅笔和我换得的。

　　后来杜老师不知怎么知道我会编制一种盛放东西的竹篮子,他便从家里砍来竹子,让我给他编一个。有一天好像是体育课,他便把我叫到他宿办一体的办公室,我就开始花竹子编制。好像花了两天多的课余时间,终于完成了一个篮子,杜老师很高兴,又从抽屉中拿出饼干给我。我一看他之前给我的饼干和瓜子还放在他办公桌上(这些零食平时是很难吃到的,可是我们一般哪敢吃老师的东西呢),就咽咽口水,在"不要不要"的推辞中溜回教室。可这之后,杜老师却留着我做篮子剩下的一根竹片,把它削短了些,像个戒尺,拿到教室里来,上课作为教鞭。如有调皮的同学,杜老师便把手中的竹片扬一扬,调皮的同学便会意,规规矩矩不敢造次。其实我也从未见过他真正打过同学。

　　不知道什么时候,杜老师退休了。虽然我们两家离得不远,但我却在常在临镇暂住,因此见到他的次数也不是很多。不过每次看到他,也总见他乐呵呵的,笑脸相迎。

　　再后来,杜老师经营起一个日用品百货店,偶尔去他那儿买东西,也不免要聊上一阵子,不再有当年师生那种拘束,有的始终是杜老师洋溢在脸上的和蔼的笑,彬彬有礼但也无拘无束,和谐融洽。

　　不知杜老师因病还是其他什么原因这么急急地走了,我因没有在家而没有去吊唁他,却总觉得应该去送他最后一程。但他走得如此匆忙,却又让人感觉难以接受,让人有些舍不得。

　　希望杜老师一路走好！
　　默哀！

花儿朵朵开

一把勺子＝一块钱？

2009-4-21

今天我值周，下午在餐厅维持学生就餐秩序。

"咣——"，清脆的一声响，一把吃饭的小勺子掉在地上，却没人立刻去拾起来。我环顾四周，所有打饭的学生都显得很安然。

"谁的勺子掉了？"我问道。

没人回答，却见身边的一位同学转身问后边的同学："你有多余的勺子吗？"

无疑，这把勺子是他掉的。

"是你掉的？"我问他。

"嗯。"他很安然地回答我。

"捡起来呀！"我微笑着指着地上的勺子。勺子就在他的脚边，只需要弯一下腰。

他若无其事地看着前面，根本没有在意我的话。

"捡起来呀！"我拉了他一下，他挣脱我的手。

"捡起来呀！"我又拉了他一下，他仍挣脱我的手。

"捡起来呀！"我仍不死心，再拉了他一下，他仍然挣脱我的手。

打饭的队伍往前移动了几步，他也安然地往前移动。

身后的同学一直看着我们，这时他身后的一位同学从地上捡起勺子，放在我旁边的餐桌上。

花儿朵朵开

我看看那把勺子,它静静地躺在餐桌一角。我敢拿农民的儿子的眼光断定:如果不拿显微镜细看的话,那把勺子上应该不会有多脏的——再说地面本身就被打扫得很干净。

这时,我却听到这样一个声音:"不就是一块钱的事吗?"

唉,或许一把勺子就值一块钱吧!我闭上眼无奈地摇摇头。

不是我特别在意,我本身就是一个比较下细①的人,而且那一回,可能让我一生都难以忘怀……

干爹病重去汉中做了检查,一周后,我到汉中去拿检查结果。按事先预计,早晨到汉中拿到结果下午能回来应该是情理之中的。

我那天一早就上了去汉中的客车。走到半路我才发现:我的天,我身上只带了往返的车费!

到了汉中,我直奔医院,但那天医院却意外地不上班。老天,这玩笑开大了!

只有住下。我走了好几处,终于找了家便宜旅馆住下,但已到了"弹尽粮绝"的地步了!

当务之急,是赶紧给汉中的朋友打电话——给我送点钱来!

谁说天无绝人之路?我刚把电话接通,关机了——手机没电了,我几次试图打开手机都没多大反应。——我的老天!

肚子有点饿了!还是头一天下午吃的饭,现在已近正午。

我掏过所有的衣兜:一块一毛钱——我的全部家当!

怎么办?

睡觉!想起原来在学校上学时周末为了省一顿饭,一直睡到下午一两点才去就餐,一天一顿饭就可以解决温饱问题了。

我爬到床上——有点汗臭!但这哪有解决肚子饿的问题大呢。

但很意外,我怎么都睡不着。

得想想办法才是。——喝水。对!旅馆的水是免费的。

我一杯又一杯地喝着水。还确实有点效果,不像刚才那样饥饿了。但水

①下细:方言,非常节俭。

123

也喝去了多半壶了。

　　我静静地睡着了，等我醒来，外面已是夕阳西下了，红红的余晖将汉中这座古老的城市装扮得分外美丽。

　　可我哪有心思欣赏这个，我已经饿得无法用语言来形容了。

　　我又将剩下的半壶水喝完。这次好像不大奏效了——还是饿。我又去问老板要了壶水。老板问："洗头呢？"

　　"嗯！"我随口答道。

　　"哪里洗头呀。"我心里默念着。

　　摸了好几次兜里的那一块一毛钱，我不敢轻易打它的主意。

　　我又猛灌了一气热水。

　　"饿死不是男子汉！"我心一横，狠劲躺在床上。

　　再饿都不起来！——我打定主意。

　　又一觉醒来，我不知道几点，但大街上似乎很少有人了。

　　可我那可怜的肚子呀！那个饿呀，我觉得全世界最痛苦的事莫过于此了……

　　度秒如年，我在饥饿中挣扎，我在痛苦中煎熬，我在幻想中一秒一秒地支撑着……

　　天终于亮了，但还不能出去。

　　我知道，那些卖早点的都很贵，一张春卷一块钱，一袋豆浆一块钱，一碗面皮要一块五——我吃不起！

　　我要坚定信念，我要振作精神，我要战胜一切困难！

　　——我给自己鼓劲！

　　我终于熬到九点，差不多了，就我这疲惫的身子挪到医院，也应该到医院上班的时间了。

　　谢天谢地！医院并没有再问我要一分钱我就拿到了检查结果。一看单子，情况并不容乐观！我赶紧给远在广州的大哥拨通了电话。

　　又很意外，电话响了一声就接通了（以前一直都是电话被挂断又回过来的，我最多给话吧一毛钱的话费），我首先意识到我还有一块一了。还好，我和大哥的话并不是很多，我也很快把情况给大哥都说清楚了。挂机，两分钟，六毛钱！我依依不舍地把我身上最大面值的钞票给了老板，老板找回我四毛钱。我当时多想说："老板，算了吧，才六毛钱！"但我没有。

接过钱，我觉得有点晕！管他呢，我知道的：一碗稀饭五毛钱！

走到一家面皮店，我说要一碗稀饭，又接着说："来一小碗稀饭。"我怕大碗我吃不起！

"稀饭多少钱一碗？"我还是不放心。

老板望望我，周围用餐的客人也看看我，"五毛。"我估计这声音一定不是从老板喉咙里发出来的，因为鼻音很重很重……

但不知怎的，我是一手摸着我衣袋里的五毛钱，一边满心忐忑地喝完了稀饭。钱已经沾满了我手心的汗液，而那碗更是小得可怜。

回去的时候，我总算找到我们镇上的车，我用车师傅的手机给家人打了个电话，让他们给我把车费拿到路上来接我，再给我拿点吃的。

……

拉回思绪，看见那位同学正和几位同学坐在不远的餐桌上，脸上挂着笑，很安然地用着餐——饭一定很香吧，我想。

再看看身边的餐桌，那把勺子仍然静静地躺在那里。

它或许就只值一块钱吧！我无奈地想。

但再过不了多久，它或许就要和地上的垃圾一起去一个肮脏的地方了。我无奈地想。

但，难道它真就值一块钱吗？

一杯热水

2014-11-9

在很久以前，我不知道从哪里听到这样一个看似是心理学的理论，说人与人之间有个无形的磁场，如果两人的磁场相吸，那么这两个人彼此给对方的感觉就好，就容易接近；如果两人的磁场相斥，那么这两个人彼此给对方的感觉就很差，也就很不容易接近。我似乎较为认可这个说法，现实生活中，也确实出现过这样的现象：有的人第一印象就是好，有的人第一次见面总是感觉不好，甚至像个坏人——即使他是个心地善良的人。

而娇或许就是和我的磁场相斥的那个人。说实在的，她性格挺开朗，挺活泼，在班上也很活跃，我也从未戴着有色眼镜去看待学生，但不知道为什么，我却总是无法正常地去面对娇同学。只要她在我眼前晃过，心里总有一丝不悦莫名升起，甚至课堂上听到她回答问题的声音，都有些刺耳的感觉。我努力去调整自己，但总是有些无形的东西占据着内心。

一年一度的运动会开始了，同学们斗志昂扬，兴高采烈，班级战绩也不错，我自然也开心，便与他们坐在一起观看比赛。

艳阳高照，晴空万里，天气倒是不错。但在平坦的操场上顶着烈日也是件辛苦的事，同学们便打来开水，泡上茶，继续津津有味地欣赏着比赛。

当我正被眼前四百米决赛吸引的时候，一杯热茶水从身侧递到我的面前，正感欣慰时，扭头一看，竟然是娇，忽一下子感觉一块冰塞进心头，想都没想便伸手一挡："我不喝！"憋出三个冰冷的字。可谁知，娇手中的水被我这么一挡，竟大半杯都泼到她的手背上，想必水是刚从热水瓶中倒出来的，洒了几滴在我手上都感到挺烫的。几个同学见状，忙拉着娇的手吹着气，或用书扇着。我看到娇的手红红的，两滴晶莹的眼泪不自觉地从她双眸中滑出来。

娇看到我可能有些尴尬的样子，竟露出满脸的笑："老师，没事。"语气都那么温和。我不知道说什么，但说实在的，当时我心里并不是很内疚，心里甚至在说："谁叫你给我倒水?！"后来，几个同学拉着娇往水房去了，说要用凉水冲一下。

我仍坐在原地，但渐渐地发现，我似乎已经无心看比赛了，心里总是记起刚才的情形，娇那红了的手，那挂着泪的笑……

再后来，我感觉娇给我的那种莫名的不悦感渐渐地淡了、淡了，连它什么时候消失得无影无踪都没察觉到。

初三的时候，娇退学了，我给她打了好几次电话，但终是没有挽留住她。等她来学校搬东西时，我竟怂恿好几位班干部和她的好友去劝她，但最终她还是坚持离开了班级……

在后来的日子里，仍有一些给我第一印象不怎么好的学生，但每每那个时候，我总会想起娇那红了的手，那挂着泪的笑，便也就淡淡地过去了……

或许那个无形的磁场本就不存在！我想。

感 冒 药

2014-9-10

柯同学是班上个子小、年龄也小的一名女生。

给她代课的老师对她的一致看法是：毛病一大把。据我观察，好像的确有一些：上课心不在焉，自习叽叽喳喳，老和同学发生纠纷，人小，火气却一点不逊色于大个子同学。

那一日，我们的班主任彭老师因公出差，看班的任务就落在了我的肩上。彭老师刚走，意料之中的事就发生了：柯同学第一个有事了。她很委屈又很无辜地告诉我："老师，我不想和张同学坐了。"

旁边的张同学也不示弱："我还不想跟她坐呢！"

看到张同学那盛气凌人的架势，忽地有些心生反感，对柯同学反倒有些怜悯，但也不好表现心中的不悦。再说彭老师刚出差，我若因处事不慎给他弄个"大本营失火"就太不应该了。

往前看去，看到谷同学的座位空着，他已经请假一周多了。我立刻决定，把柯同学的座位先换过去。柯同学似乎也很乐意。

后边的几节课，我发现柯同学竟然表现出少有的安静和认真，听课那么专心，笔记也很认真地在做，看她聚精会神的样子，我庆幸自己做了一个多好的决定啊！

花儿朵朵开

第二天中午,刚到校就见到柯同学的母亲在教室门口,简单寒暄几句后她就离开了。

没过几分钟,柯同学喊"报告"到我办公室来,显得很急切:"老师,早上听您上课的声音,觉得您一定是感冒了,我这有'氨酚黄那敏颗粒',治感冒最厉害了,用水冲两袋一起喝,感冒就好了。"

看着她真诚而急切的神情,我心里咯噔一下:这位同学这么心细。早晨确实有点受凉的感觉,但我自己都没有在意,她却看在眼里,记在心里!

她该不是专程让妈妈拿感冒药到学校来的吧。

柯同学一共给了我六小袋感冒药,我随即冲服了两袋,甜甜的。我把包装袋悄悄地放回抽屉里。我觉得我应该长期留着它,它可是见证着什么的。

下午,同事丹说她感冒有些难受,我有些舍不得地拿出两袋给她,并向她夸耀:"这是一位学生专门给我买的,效果不错,我喝了两袋感冒就好了。"我又补充了一句,"这位同学平时挺调皮的!"

后来的一段时间,我发现柯同学变化挺大的,和同学相处融洽了,学习也进步了不少。

现在,我已经不是柯同学的任课老师了,但每每拉开抽屉,总能看到那两个"氨酚黄那敏颗粒"的袋子,它们安静地躺在我的抽屉里,似乎也躺在我的心里……

小娇同学

2017-4-16

　　那一天我意外地发现：小娇竟然是进入全年级成绩前二十名行列的同学！要知道，全年级一千多名同学，能进入前二十名的行列那需要多大的实力啊！有可能有些科目差别人那么两分，排名就会退后几十名。

　　不过，说实在的，当我第一眼看到小娇同学时，我承认，的确被她的样子吓了一跳。同时也很快忆起多年前在一个村子里见过的一个小孩，据说是不小心栽进火塘里，当家人发现时，已经被烧得面目全非。家人本想放弃治疗，但孩子还有生命迹象，最终还是将孩子救了回来，但烧伤后的疤痕却留在了孩子脸上。

　　时隔多年，她竟也长大了，还上了高中，成绩还排在全年级一千多名同学的前列。我甚至都有些自责自己以前对她的疏忽。

　　我忽地想起几年前，也是从我们学校走出去的另一名同学小敏，她和小娇同学有着类似的经历。不过小敏同学乐观向上，学习刻苦勤奋，后来经学校推荐和她自身努力，顺利进入清华大学。

　　那天课后，我便唤小娇同学到我办公室来。我开门见山地说："小娇同学，你的进步很大啊！可喜可贺！"

　　她显得有些腼腆，但也露出些微笑，挤出一个字："嗯。"

我小心翼翼地问她:"知道以前我们学校有位叫小敏的同学吗?"

"嗯,知道。"小敏同学算得上是学校的明星人物了,也是我们学校近些年来跨入名牌大学的为数不多的同学之一,而且也是学校正面宣传的几位同学之一。所以小娇同学知道并不奇怪。更可喜的是,她知道小敏同学,我想和她谈话也就不会费太多事了。

我便对小娇同学说:"小敏同学之所以能最终跨入名牌大学,圆自己一个大学梦,给自己交一份满意的答卷,这与她的持之以恒、不懈努力是分不开的。我想,这对于她的人生、她的命运都是至关重要的改变。希望你也能以她为榜样,继续努力,圆自己人生一个美好的梦!"

小娇同学低着头,略有沉思地点点头:"嗯!谢谢老师!"她给我深深地鞠了一个躬。

我转身快速地在我办公桌上翻出最近参加一个考试专题研讨会拿回来的几份资料,递给她:"下去抽些时间看看,希望对你有用。加油!"

她又给我深鞠一躬:"谢谢老师!"

第二天我再见到小娇同学时,见她正在很专注地在研究着资料,我蛮欣慰的。

过了几天,我们进行了月考。很快,月考成绩也出来了。当我们几位老师正在谈论着这次成绩时,小娇同学低着头站在办公室门口。我让她进来,她进来的第一句话竟然是:"老师,对不起,我这次考试没考好。"随即,她从背后递给我一份资料,我用眼睛一瞄:很熟悉,明显就是我送给她的那份资料。

小娇同学仍然低着头,声音很小地说:"老师,对不起,我把资料还给你。"

我一下子有点语塞,这孩子,也太单纯了,就因为一次考试没考好,就深深地内疚,就感觉对不住老师。

我赶快说:"没事没事,你好好复习,这次成绩虽然不理想,但与我送你资料没有任何关系,你有需要尽管来找我。"

她还是站在那儿有点犹豫,我又招手向她示意:"快回去吧,好好复习就好!"

她又向我深鞠一躬,说了声"谢谢老师",转身回到教室里去了。

现在复习已经进入紧张的最后冲刺阶段,我真心希望小娇同学能学有所

野菊花

成，跨入自己心仪的大学，圆自己美好的梦，在自己的人生路上创造出一片辉煌！

祝福小娇同学！

打开窗户

2015-5-27

  他是她的老师。

  但她确实有些调皮，学习心不在焉不说，课堂上还左顾右盼，嘻嘻哈哈，让周边同学都不得安宁；性格上也是唯我独尊，大大咧咧，叛逆，暴躁，甚至有同学反映说她还抽烟酗酒——她可是个才十二岁的小女孩儿啊！

  她的父亲曾是他的老师，当年对他们都非常好，和蔼可亲，对他们的教育都颇为用心。

  现在他面对她，自己老师的孩子，无形中便多了些亲切感，也多了一些耐心。

  他想让她有所转变，他希望她能渐渐好起来，并优秀起来。他和她谈过好多次话：交流、劝导、训诫、批评，但收效甚微。后来他便用激将法：公开在课堂上宣布——这是他老师的孩子，并告诉全班同学，他的老师平易近人，关心爱护学生，是他很尊敬的一位老师！但她只是坐在座位上微微一笑，似乎这与她并没有多大关系，或许也并没有想着因自己父亲是老师就一定要表现得出类拔萃。

  他所采用的一切的方式在她面前似乎都是那么苍白无力，并没有得到他想要的结果。但他并没有放弃！

  有一天，他给全班同学布置了一道作文题目——

打开窗户。这是个颇有内涵的作文题目，同学们在精心审题、构思、写作的时候，她却在座位上无所事事。

见此情景，他将她叫到身边，和她一起分析题目："窗户"可以是什么？现实中的"窗户"，或者抽象的"窗户"，比如心灵的"窗户"，或者是其他。

她和他一起把"窗户"的含义确定为"心灵的窗户"。这其实也是他所希望的。然后他引导她构思：比如平时在家里和爸爸妈妈有些隔阂，后来这种隔阂被化解了，这就可以体现"打开心灵之窗户"这个主题。

她便坐在座位上开始写作。

他有了些许安慰。

下午，她把作文本交给他。他看后，有些失望了：她写的作文文字不多，内容上也是草草地罗列了平日在家和爸爸相处不大和谐的表现，然后怎么去解除这种不和谐却写得不清不楚，内容与主题相差甚远。

他又将她叫到办公室，和她一起回顾了这篇文章最初的构思：和父母有隔阂，后来隔阂化解。内容上该怎么设计呢？可以述说这些隔阂是怎么出现的，具体有哪些表现。然后这些隔阂又是怎么被化解的——这应该是文章述说的重点。隔阂不可能一下子轻易地就被化解，它可能需要一步一步地，可能需要震撼到心灵的经历才可能让内心深处的隔阂得到慢慢地消融，最后达到隔阂化解的良好结局，开始新的生活。

她再次将作文本交给他的时候，他看到，文章有了些进步，开头是这样写的：

> 我的爸爸是一名教师，按理说他最懂得教育学生。可是，不知为什么，我并没有受到他多少影响。我在不知不觉中形成了一种非常倔强的脾气。
>
> 在家里，我会常常和爸爸斗嘴，爸爸如果说什么，我非要和爸爸犟两句，非要说自己是对的。

具体的表现是这样的：

> 一次，爸爸出去有一点事，妈妈也上班去了，只有我一个人在家。时间久了便觉得非常无聊，就坐在沙发上看起了电视，把爸爸交代的整理房间的任务忘到九霄云外去了，只记得一个劲儿地

看电视。

　　下午,爸爸回来了,看见房间仍乱成一团,非常生气,就说了我几句,还让我马上去把房间收拾整齐,把床铺好,把鞋子放好。不知为什么,我心里忽地有一团火骤然升起!一会儿让我收拾这,一会儿让我收拾那——哼!当时就没控制住自己的情绪,和爸爸争了个面红耳赤。爸爸非常生气,一巴掌甩在了我的脸上……

这两段文字经过他简单地修改,也便通畅了。

但接下来的文字就不知所云了。他有些失望,他又想把她叫到身边谈谈,接下去可以怎么去写,怎么去体现主题、表述情感。但他忽然想起:这些不是上次都谈过吗?

其实,她这已经算是尽力了。这之前,她是多么害怕甚至讨厌作文。今天能写这么多文字,而且还进行了一次修改创作,已经算是努力了。或许在她心里,对作文的认识压根儿就很淡漠,该怎么去作文,或许平时就没有怎么去想过。他想:或许她心里关于作文的这个坎儿还没有迈过去,让她认识到作文该怎么去布局,怎么去写作,或许才是当务之急。他甚至希望她能真正打开心灵的窗户,和父母幸福相处,慢慢成长起来,慢慢走向成熟!

他忽然有了一种冲动,想帮她把这篇文章构思完成,让她明白他所希望的一切!

这种冲动很是强烈,不自觉中他便提起了笔,将她文章后半部分内容全部划去,然后写道:

　　从那以后,不管和爸爸说什么,也不管他说得对不对,我总是要和爸爸顶上几句嘴。他让我干个什么事情,我总是显出极不情愿或者极不耐烦的样子,甚至和他顶撞——你自己的事情就自己去干,还让别人给你干!
　　我的脾气变得越来越倔强。

他首先根据她之前文章的势态对当前的人物及事件进行铺垫。但接下来该怎么继续写下去,他一时间还没了头绪。他需要在它们之间构思一个或者几个事件,让她心灵有所触动,同时又不失作为一位父亲所特有的慈爱。

他抬头,看到自己办公桌上有一个学生送给他的树脂笔筒,笔筒雕着苍翠的松柏，玲珑的怪石，忽然觉得眼前出现的是深山幽谷中，百鸟争鸣，一股清泉倾泻而下，山下清潭见底，潭中鱼儿自由游弋，潺潺水声不绝于耳……

鱼！他忽然想到了鱼。他的老师似乎喜欢石玩，那让他喜欢一下养鱼也应该不委屈。他们可以通过一起养鱼来化解隔阂，这何尝不好呢？

他继续写道：

突然有一天，爸爸从外面带了一个大鱼缸回来，随后，又从街上买回两条金鱼放在里面。

但是养鱼不能立即就引起她的注意，这个过程应该是缓慢的。该怎么办呢？对，应该让她心中产生疑惑。所以他写道：

起初我也没有注意那些，因为我知道爸爸一直都喜欢把玩石头，但不知道爸爸什么时候开始喜欢养鱼了。

然后应该要引起她的注意。但怎么样才能引起她对父亲的举动的注意呢？父亲应该有特别的举动，父亲的这些举动可以让她趴到窗户上看到，这不还照应了文章题目吗？对，就这样！

爸爸每天都仔细地给金鱼喂食，小心地把鱼缸里的污物清理干净。爸爸做这些时，我时而会趴在窗口呆望。

嗯，就这样时而望一下就行了，这才符合她的状态和性格。为了更深地体现出她的叛逆，他又加了一句话在后边：

但总觉和爸爸之间的隔阂似乎已经到了无法打破的程度，总表现出爱理不理的样子。

接下来他们父女之间应该需要沟通，沟通的时候一定是父亲主动的。

一天，爸爸和气地对我说："璐璐，你去喂一下金鱼，好不好？"

既然她对父亲养鱼有所关注，她应该要答应，而且好奇也是孩子的天性——她毕竟才十二三岁。但仍然要保持着她特有的性格状态。于是，他写下这样几行文字：

我忽然想起爸爸每天喂金鱼的情景，心里也确实想尝试一下。但我又表现出极不情愿的样子，我狠抓了一把鱼食，假装心不在焉地狠劲扔进鱼缸，又极不情愿地回到房间。

花儿朵朵开

父亲这时候应该有所察觉,但他不能说话,以此来表现出父亲的别有用意。

　　爸爸注视着我喂鱼的样子,没说什么,只是默默地坐在那里。

接下去该怎么写呢?事件的发展应该出现波澜,更应该让她有所触动。总不能让他们父女俩养养鱼就和好吧。那样对于生活来说倒是再好不过了,但这是构思一篇文章,文章需要波澜,需要曲折!他的脑海中忽然显现出一幅幅电影的画面。

他忽然觉得自己像是在创作小说,又像是在策划电影。

他暗暗笑笑。

他也有些迟疑了,到底该不该这样做,直接帮学生写作文,这还是第一次。但心里却强烈地希望能通过他这样的做法,让她知道作文该怎么去写,更希望她能有所改变。想着这些,他的信念也就更坚定了。

与此同时,电影中那些能震撼人心灵的画面也不断在他脑海中浮现,生离死别,痛哭流涕,肝肠寸断!但这些怎么才能运用到这个事件中呢?

死!对,可以让鱼儿死去——父亲精心照料的鱼儿死去不是可以达到震撼心灵的效果吗?

鱼,他也养过,但他可以说完全不会养鱼,经常把鱼养死。他忽然想起,刚才不是让她"狠抓了一把鱼食,假装心不在焉地狠劲扔进鱼缸"吗?这完全可以把鱼儿撑死的。想到这里,他忽然觉得思路豁然开朗了。

于是他写下了以下的文字:

　　第二天一早,觉得无所事事的我就又趴在窗户上向外张望,忽然看见鱼缸中的两条金鱼正在仰泳,却一动也不动,我心中咯噔一下——该不会是死了吧?

　　我不敢告诉爸爸,但爸爸很快发现了这件事:鱼确实死了!

这个发现鱼死去的情节他觉得设计得挺好——鱼儿的死一定要她自己亲自发现!

父亲肯定不能说什么,他需要包容女儿的任性,但他要继续默默地付出。

他一口气写了下去:

　　爸爸什么也没有说,又到街上去买了几条金鱼回来。

何不让它有更多的寓意呢?于是他把金鱼的数量进行了调整,把以前的

137

两条金鱼变成了三条。

是三条可爱美丽的鱼儿。

爸爸又让我去喂金鱼,并温和地告诉我:"喂食要少一点,不然金鱼会胀死的!"我忽然明白了——难怪上次那两条死了的金鱼肚子鼓鼓的。又看着爸爸认真地示范喂鱼的样子,我心中忽地升起一种莫名的感觉。

后来我喂鱼也变得小心翼翼,学着爸爸的样子捞出鱼缸中的污物,把鱼缸尽量打理得干干净净。

这个过程就是震撼和转变的过程,同时也要她自己感觉到,并能意识到之前设计的寓意:

我都惊讶,我自己有着这样的变化!

再后来喂鱼成了我的专利,看那三条金鱼在鱼缸中自由自在地游着,忽然觉得我们一家子多像这三条金鱼,两条个头大,一条个头小,而且小个头的长得要格外漂亮些。"难道那是我吗?"我心里默默地想。

除了喂鱼,我也总爱打开窗户,痴痴地趴在窗户上,迎着几缕阳光,呆望着那三条金鱼。我很惊讶鱼缸的位置怎么摆得那么合适:我打开窗,趴在窗户上就刚好能望见鱼缸中的那三条金鱼,它们是那么快乐!

此时父亲应该感到欣慰,但又不能太张扬。因为他了解他的老师:一向比较低调,是一位慈祥而含蓄的长者。那怎样才能表现出他的老师这样的性格呢?

他略一沉思——QQ! QQ有签名功能,可以让人物不要出场,可以通过QQ签名表达人物的心声。

他继续写道:

有一天,我忽然看到爸爸的QQ签名换了:"宝贝女儿把我们三条金鱼一家喂得很好!很开心!"

哦,是吗?我趴在窗口痴痴地想。

通过这样的心理历程,又看到父亲的欣慰,她应该能打开心灵的窗户的。

因此她也应该有所感悟：

> 我也要把QQ签名改一下："那条小金鱼在两条大金鱼的呵护下，生活得好快乐哦！"

为更好地升华一下主题，他又在末尾加上一句：

> 哦，对了！我还要给爸爸留言："爸爸，等你不忙了，抽个时间，我陪你到后山去寻几块石头回来，你不是一直说后山的珊瑚石很好吗？"

写毕，他望着三四篇用红笔写成的整齐的文字，感到很欣慰。似乎心中那个叛逆调皮的孩子一下子变好了，懂事儿了，也一下子长大了。

但他忽地又有些失落：这样会不会伤着孩子，甚至会不会伤害到孩子的家长，那可是他非常尊敬的老师啊。更多的是他一厢情愿所表现出来的这样的冲动，后边会不会发生什么事呢？

他忐忑不安……

初心还是战胜了他的疑虑，不过他还是疑虑重重地将作文本交给了她。

很庆幸，一切平安！

后来，那篇文章在学校校刊上发表了出来。但这都不重要，他最希望的还是她知道作文该怎么去写，更希望她能有所改变，和父母幸福相处，快乐地度过青春叛逆期！

坐在最后排的那个同学

2015-10-7

她,在我的印象中始终坐在最后一排,她或许已经习惯坐在最后一排,没有不悦,没有怨言。

每次提到她,同学们都像是听见笑话一样,哈哈地笑起来。我总觉得同学们的笑声那么刺耳,甚至在心里暗暗想:这些同学太缺乏怜悯之心了!便严肃地喊:"有什么好笑的!"他们却还是在笑。

我知道,同学们笑也是有原因的:大家似乎都认为她的智力有些问题。但我总觉得,不管她怎样,同在一个班级,同学们不应该用一种近乎嘲笑的态度对待她。

她或许真是同学们想的那样,因为在我十余年的教育经历中,语文也只有她每次考试以几分的成绩出现过,课堂上也从来没有主动地回答过问题,作业也很少有正确的。

但我觉得她只是在这一个方面不尽如人意而已。

课堂上从没见她左顾右盼,嘻嘻哈哈地捣乱课堂纪律,她或许听不懂我讲课的内容,但课堂笔记总能尽量写一些,从没有像部分同学把我们上课的内容翻错过地方,更比部分同学一节课下来课本还是崭新的要好。我走到教室后边,低声告诉她,听不懂课,可以去把课本上的古诗词抄写几遍。她便拿出本子,很认真极仔细地抄写着那些古诗词。可班上部分同学一首古诗两个月也难背下来。

她写字让人看着也很舒服，尽管写的字好多都是多笔少画的，但很符合我们伟大汉字方块字的标准，方方正正，横平竖直，一笔一画，比同学们的扭扭捏捏、龙飞凤舞、枝枝权权的字好认也好看多了。有时候我对同学们说，我宁愿看她的字，对了就是对了，错了就是错了。而部分同学的字我却很多不认识，或者摆在那里的形状基本上正确，但一细看，又没几个是按汉字的笔顺拼成的。同学们也总是笑。

作文她是根本不会写，但每次考试的时候，她却能很有耐心地把试卷上短文中的句子拼凑着抄写在作文纸上，字仍然写得方方正正，一笔一画，尽管基本格式不对，句子不通，甚至内容也与要求不符。

有一次，我给同学们拿了些衣服，虽然是旧的，但都洗得干干净净，款式布料都挺不错。我给了几个看起来穿得一般的同学，也包括她。她们几个同学围在一起，挑挑选选一阵，而她却被晾在一边，呆呆地看着其他同学选个不停。我见状，目测了一下她的身材，给她找了一件帮她穿上，看起来挺合身的，就让她继续找找看还有没有合适的，然后我便出去了。等过了一阵我回来时，却见她还穿着那件，而其余的同学们已经挑选一遍离开了。唉，这孩子！

又有一天，办公室的张老师说，那天宿舍该她打扫，可是她在摆放舍友的日常用品时，手碰到一位舍友的牙刷上，那位舍友说什么也不愿意，很让她为难。张老师说，这孩子挺可怜的！

事情后来怎么解决的我不知道，但我却很庆幸她能得以脱身。她看起来仍然很安然地坐在最后一排。她的同桌也不是很固定，偶尔会换个同学，但与她同桌的，都把桌子拉开一些距离，与她的课桌之间留下一条很扎眼的缝隙。一次，我问她的同桌，能不能把课桌摆整齐，那位同学则表现出很不乐意的样子。

我看看她，似乎看不出什么其他内容，或许她已经习惯了同学们对待她的方式，或许她已全然宽容了这些同学，她内心的那片安静是无人能触及的，那是一片没有被任何污物污染的境地。

一把扇子

2016-6-29

今天见那把扇子还在张同学的桌子角上,颇感欣慰,但却又见她偏着脑袋在和旁边的同学交头接耳,又颇为失望。

那把扇子是张同学的。

昨天的作文课,是本学期最后一次作文课。在练笔前,我让同学们把我们需要注意的要点、关键词写在练习本上,这是本学期作文训练的一系列重点。最近几节课我们对所讲内容进行了总结归纳、多次强调,诸如审题、确立中心、围绕中心选材、材料的适当加工、如何开头、文中点题、景物渲染、结尾,等等,我希望学生在写作的时候能把它们记在心里,在作文过程中能有所运用。但读过学生的作文却发现,学生在实际写作中,把老师多次强调过的这些要点都忘到九霄云外了,根本就不去在意,仍然凭着自己的感觉凑凑字数就算完事儿,让老师颇为恼火。

因此我让学生先把这写在练习本上,并让一向被我称作"才女"的丁同学和白同学把它们写在黑板上。如果学生在作文动笔之前还没有形成一种意识,怕是本学期的作文训练就不算完成教学目标了。

丁同学和白同学在黑板上写着与我们平时作文相关的一些要求——七零八落的,并未把我们多次强调过的关键点写出来。

　　我再巡视一周，下面的同学们面前也是摆着一张张白纸，有的写着那么一两句，更多的是一片空白。

　　唉！

　　难怪我们的作文水平总是无法提升，我们作文之前什么意识都没有。白费了我每次作文课一节呱唧呱唧的方法探讨了，可怜了我的嗓子！现在已经没法讲话了！

　　而当我走到张同学身后时，却见张同学安然地左手托腮，右手执一扇，悠闲地摇着，桌面上躺着一本书，还没来得及打开。练习本呢？还没来得及拿出来！

　　有那么娇气吗？电扇呼呼地吹着，两边窗户对开，空气流通也不错。

　　我看张同学可算是戴着"有色眼镜"的，不过我的"有色眼镜"里是满满的希望！

　　张同学是我成为这个班的任课老师以来认识得较早的学生之一。因为之前我的一名学弟吉文给我说，说张同学家条件非常不好，希望我能去实地考察一下，看能不能争取有好心人给予她一定的帮助。

　　后来我联系了村委会干部，并委托我一个朋友去实地了解情况。我了解到了张同学的家庭经济条件以及家人的特殊情况，家庭唯一的劳动力也接近花甲之年，确实困难。

　　但是，但是！

　　据我观察，张同学在学校却表现得与她的实际情况不那么相称。

　　一次，班主任李老师收到相关反映：张同学将手机带到学校。我们学校是明令禁止带手机入校园的，学生带手机入校园主要是玩游戏和夜间休息时间聊天等，根本不利于同学们的学习，而且使用手机也有一笔费用需要定期支出。当李老师与张同学谈话时，张同学坚决否认带有手机，可是后来却发现她的衣服兜里呈现出一个类似手机的形状，老师再问，她可能是没有办法才不得不拿出手机来。

　　这件事让我对张同学颇有些看法，想想她的家境，这件事与之多么不相称。

后来的一次机会，我终于忍不住找了张同学谈话，她似乎很委屈，哭着大声说："你们老师都不关注我！"

　　我有些震惊，说没有关注吧，确实有点冤，平时上课的注意力和在心理上的距离我自觉得还是挺偏向她的，至少超过班上一半以上的学生，但说关注吧，确实又拿不出什么有说服力的事情来。我有点无言以对，但更多的是因为她没有领会到我的关注的存在而有些失望。

　　在一旁的张老师听到这句话，也颇为意外，便说："你要老师怎么去关注呢？再怎么去关注，你也要自己用功用心才行啊！"

　　后来看她哭哭啼啼的样子，便安慰了她一番，送她回教室了。

　　后来的课堂上，我便有些注意了，多少做出了些实际关注她的举动。

　　但再到后来，我却又更失望了。

　　她将额前的刘海留了很长很长，盖住双眼，几乎盖住了鼻子根，我给她说了两次，让她利用周末去收拾一下，但她始终没有。至于她要怎么样去对待她的学业，怎么样去把握她的人生和命运，或许连她自己都没有了方向。课堂上发发呆，摸摸手，东张西望就是一节课。课后更是和一些不求上进的同学形影不离，最近的一次检测考试几乎交了一张白卷！

　　我绝对失望了！

　　今天在我的作文课上，她又是这个样子。

　　我又实在有点忍不住了。

　　拿过扇子，将着扇叶打在她手背上："有那么娇气吗？"

　　随后将扇子扔到窗外的过道里去了。

　　她脸上有些不悦，表情木讷，在那里一动不动。

　　我顿时有点后悔了。我为什么要打她的手？为什么要扔掉她的扇子？在惴惴不安中熬到了下课。

　　下课铃响后，我默默地走出教室，拾起刚才被我扔出教室的扇子——还好，没损坏！我折好扇叶，轻轻地走到她的座位旁，把扇子放在她的课桌上。她木讷的脸勉强泛出点笑意，我也听到其他同学发出的笑声，但我没有说什么，默默走出教室。

　　我想，这把扇子她应该好好保存着，因为此时，这把扇子已经不再是她

原来的那把扇子了，它应该承载了另外的特殊的意义！

　　（在此落笔，抬头，却又见她趴在桌子上睡着了。）
　　唉——我能希望什么呢？

一百二十个俯卧撑

2011-12-2

昨天，郭同学又迟到了。

怎么能这样呢？前天才和他谈过的，这不是让我难堪吗？我决定留他一下，最起码得让他知道，他这样做让我"脆弱"的心又有些受伤了。

"小辉啊，又迟到了，这样子不好吧？"我声音是比较低缓的，再说，我是越来越不习惯给学生"发威"了。

"我扫地了！"他很干脆地回答了我——他一贯都是这样对我说话的，话里带着点愤愤然和不屑一顾。

"那扫地也不能扫到这个时候吧？"

"我一个人，当然扫到这个时候了。"他有些委屈，双眼投来似乎不大友好的目光。

我一时似乎无语了，思维高速运转起来——接下来该说什么呢？

"那你也要迅速一点啊，你看这都到什么时候了？"我很快反应出这么一句话。

"你下去吧。"不知道为什么，接着我忽然冒出这样一句话，只是心里暗暗叹息：算了吧，又能说什么呢？希望他能从我无奈而又失望的情绪中感受到我内心的那份期待吧。

他扭头正准备往教室走，我的目光却落在他的肚子上——不会吧,即使是冬天,也不应该穿得这么夸张吧!整个外套有点炫耀似的胀开,像个裙摆。忽然一个待产孕妇的形象在我脑海中闪过——不过他可是个男生啊!

我下意识地用手背碰了一下那胀起来的部位——里面发出沙沙的声音——有些问题!

"这里面是什么?"

"没有什么。"

"不会吧?"

"就是!没有啥。"

"真的没有?"

"真的!"他还白了我一眼。

这些娃娃就是这样:一直以来,什么都是打死也不承认,有点"视死如归"的气概和"宁死不屈"的坚定。

"那看看。"我说。

"没啥,别看。"

"那不行,要看看。"从声音上判断那应该不会是什么隐私,应该可以看的。

但此时他却用手护住,身子扭过去了。

"这怎么行,你总得让我看看吧!"我心里想。

趁他转过身的一刹那,我眼疾手快,将他外套的拉链往下拉了一截,一个大食品袋出现在外套里。

我示意他:"这是什么?"

"你看嘛!"他声音有点大,明显有点愤然。

方便面、麻辣条、面果……好像还有其他的。

这娃娃又做生意啊,给同学带一袋零食收取五毛钱的辛苦费已经不是什么秘密了。

——是很有经济头脑的。

同学们的目光齐刷刷地聚集在我们身上。

我一时不知道该说些什么了。

我窘住。

说实话，学生吃点零食其实也不是什么违法乱纪的事，再说，现在的零食味道实在是太诱人了。谁不喜欢吃零食——估计那只能是假话，除非出于健康方面的考虑。但把零食带到学校来可是违反学校规定的啊！再说你吃零食为什么要让我看到了呢？也给我一点忽略的空间吧。

我正要开口。

"你 báo①说了撒！"他先发飙了，着实还吓了我一跳。说实在的，教了八九年书，还没有学生对我这样吼叫的。

"你说什么？"我也大声了。

"你 báo 说了撒！"他又歇斯底里地嚷叫到。

"我说什么了？你这是什么态度？"

"你说啥嘛，你就会欺负人！"他忽然冒出这样一句话。

"你说什么？我什么时候欺负你了？"我的心一下子跌到了冰点。听听这天真的声音啊！我从来就没想过要欺负一下谁啊！更何况你还是一个学生，是和我一起生活了三年的学生啊！三年了，你虽然有许多需要改进的地方，但是我一直都是在努力着，期待着。问心无愧地说，用在你身上的心血在全班五十余位同学中也是数一数二的，我压根儿就没有想过让你回报什么，但也要让我有点想头吧！

"你那一回让我做了一百二十个俯卧撑！"他的话，打断了我的思绪，他居然用手指指着我，双目瞪着我。

一百二十个？什么时候？这确实太多了！我怎么会这么狠心呢？这如果是真的，我确实够狠了，但学生不可能凭空捏造啊！——我内疚起来。

"我什么时候让你做一百二十个俯卧撑了？"总要把事情弄清楚吧。

"那一次在宿舍楼三楼，那不是么？"

我的大脑飞速转动着，我要搜索到那一刻。

哦，想起来了，是一百二十个，真的是一百二十个！

那天晚上，郭同学在我九点三十分再次查宿舍的时候却还在说笑。

晚休说笑可是违反学校、宿舍规定的行为啊！这孩子，天天都有违规的

---

① báo：方言，别。

事情发生，同学们说他是"公害"，我的确是有些头疼了，隔三差五地就会找他交流一下。但这孩子无论我说什么，都是笑得合不拢嘴，到最后只是连连点头，诺诺连声："我知道了。"

"知道什么？"

"知道要好好地学习。"

——总是灿烂地笑。

"还知道什么？"

"还知道不做坏事了。"

我有些无语，也有些无奈，只得说："我们谈话你能把一只耳朵塞住吗？"

"嗯嗯嗯。"还是灿烂地笑。

我只能在心里摇摇头，我知道不会有什么成效，但总不能天天说吧，那样会使他的精神一直处于兴奋状态，和老师玩"猫和老鼠"的游戏，那样只会适得其反。

这一次怎么办呢？我把他叫到宿舍值班室。

"你给我亮个底，你自己能管得住自己吧？"我直入主题。

"不能！"他摇头。

"真的做不到么？"

"嗯。"他还点头。

"你觉得你真的管不住自己，克服不了你的不良习惯？"

"嗯，就是！"很干脆。

"那做一百个俯卧撑行吧？"

"不行！"他反应倒挺快。

"真的不行么？"

"真的不行。"

"真的不行？"我反复问。

"真的不行！"他把头左右扭了两下，估计是觉得我问得有些无聊了。

"你可要记得你说的，你做不了一百个俯卧撑的哦。"我又强调了一遍。

"嗯。"估计他想都没有想就冒出了这个声音。

"那好，做二十个俯卧撑行不行？"（我们从初一就开始练习做十个俯卧撑，

149

两年了,现在每天早晨二十个俯卧撑几乎是必练内容了,每个同学都可以轻松应付,说"应付"一点都不为过,他们还真做不了多么标准。)

"得行①!"他很干脆地回答了我,估计是想早点摆脱我好回去睡觉吧。

哗哗哗哗,二十个,一口气就撑完了,仍然不是很标准,但很利索。

他站起来拍拍手,显得很轻松的样子。

"累不累?"我问。

"不累!"他估计想就这样被惩罚一下算了。

"那好,再做二十个可以吧?"

"嗯。"

哗哗哗哗,二十个,一口气就又撑完了,仍然不是很标准,但很利索。

"你在宿舍里说什么呢?这九点就打了熄灯铃,现在就九点四十了。"我拿时间给他看。

"没说什么,就是想说话。"

"这就是理由啊。你影响了同学们休息了。"

他不说话。

"再做二十个俯卧撑。"

哗哗哗哗,二十个,一口气又撑完了,仍然不是很标准,但很利索。

就这样,我和他谈几句话,就要求他做二十个俯卧撑。耗到十点二十分。他鼻子也冒汗了。一共做了六次。

"不累?"我问他。

"嗯。"他有些不友好地回答我。

"一共做了多少个俯卧撑?"

"没有数。"

"那我告诉你,你一共做了一百二十个。一百二十个!有什么感想吧?"

他沉默会儿:"莫呆②。"

我并不灰心,继续说道:"你想想,我刚才让你做一百个俯卧撑,你说什么,你做不到,而且那么坚决地认为自己做不到。现在呢,你不但做到了,而且还超

---

①得行:方言,可以。
②莫呆:方言,没有。

额完成,这说明什么,说明你对自己认识不足嘛!明明可以做到的事情,你却认为自己做不到,看来你可以做到的事还有很多。比如你还可以认真扫地,认真值日,认真跑步,认真做操,认真写作业,认真听课,认真复习,认真对待父母家人……你其实都可以做好的。只要你能坚持,或者吃一点点苦,这并不难啊!你说呢?"

他沉默一会儿,"嗯",点点头。

"对啊,每一件事我们都可以做好的,甚至你会比别人做得更好,为什么不适当要求自己一下呢?你看,我们来到学校,为的是什么?两个目的:一就是养成一些好习惯,不断提高自己的涵养;二是学习一些知识。这两点又不是很难,只要稍稍认真一点,留心一点,我们总是有收获的嘛。要不然我们在学校上几年学,读几年书,结果什么收获都没有,回过头来看看那将是多遗憾的事啊,是吧?小伙子,好好想一想!"

已经十点四十分了。

我起身:"你有什么说吧?"他不语。"那就回去继续睡觉。记住:你只要能稍稍对自己要求多一点,你每一件事都可以做得比别人好的!"我拍拍他的肩膀,"去睡吧,好好睡一觉,从明天开始做起!可以吧?"

"嗯。"他撒挞撒挞[①]地走了。

"这娃都有些'油'[②]了,说什么都不愿意听啊。"管理员老师叹了口气。

"看看吧!"我还蛮有信心。

时隔多半年,没想到他到把这件事翻出来了。我无语,闭上眼睛,别提心里有多凉。我不想争辩什么,也不必为自己辩解——我认了!

"你进去吧,东西也拿着。"我已经没有继续追究这件事的勇气和信心了。

我不知道自己是怎样下的楼。坐在办公室,心里总赌得慌。

"唉——"我长长叹了口气。

[①]撒挞撒挞:走路无力,鞋子在地上摩擦发出的声音。
[②]油:指做事懒散、拖沓、不求上进。

让微笑在心底常驻

2012-4-18

"郭子,你把早操的要求给同学们说了吗?"我问。

"说了。那天开会下来我就给说了。"郭子温和地对我说。

"那还有早操口号呢,我们一直没有确定。别的班级每天早晨都在喊,我们也应该确定一个。你看看,确定个什么样的口号好呢?还要符合我们班级的实际情况。"

"这个不好说,我定不了。"

"那这样吧,弄个简单的。"

我拿过郭子的班级工作笔记本,很快地在上面写了一句话:"三(五)班,我们要雄起!雄起!雄起!雄起!三(五)班,我们要加油!加油!加油!加油!"

"怎么样,很符合我们的现状吧?"

"嗯。"

"我们最后要振臂高呼这个口号。你给大家宣读一下。"

郭子走上讲台,说明缘由,很流利地读了口号的内容。

同学们开始都是低着头——他们在笑,只是不好意思抬起头来。

"我们最后要振臂高呼我们的口号。"郭子大声

地讲了要求。

  同学们都抬起头——笑了，好灿烂的笑容！

  我随即也笑了——哎，压抑了好几天，有些憋得慌。

  说实在的，这几天我确实是生气了。

  周五，华子打电话给我，说要请假，回家取钱。我说打电话让家长送来好了，没有必要为这回家耽误时间。因为马上面临中考，时间甚是紧张。

  结果华子走了，我还是问了同学们之后才知道他走了，他竟然擅自离校！

  我打电话给华子的家长，家长说就是回来了。我当时就想：家长怎么就不知道回个电话给我呢？关于学生请假这个问题以前召开家长会的时候可是三令五申强调过的啊。

  我给华子家长说，不想让他耽误时间，而且请假未准就擅自离校非常不好。请家长尽快把孩子送回学校来。

  到第二天下午，华子终于来了，但家长没有来，甚至家长连电话也没有打过来。华子也没有给我陈述原因——至少他应该说明回家取钱用了三十余个小时的理由，但他没有。

  我让华子坐到后边安静地想一想，一天过去了，他却没有任何动作，也没有想出来什么。我只好又让他坐回原来的位子。

  周日，体育考试，我讲了三个要求：一、队伍排整齐有序考试，不可喧哗；二、动作规范，认真应考；三、不要去围观监考老师。

  之后考试，却发现华子在队伍里面跑出跑进。五十米跑完他去监考老师那儿要看看成绩；台阶测试考完他又去围着监考老师。这一次我提醒了他，一分钟后，他又跑去围观了。我给他使了个眼色——快回去！但握力测试下来他又去围着监考老师了。唉！——好不长记性啊！身高体重下来他还去围观。"华子，要是每位同学都像你一样，你看监考老师还有办法工作吗？"我又得提醒他。

  接下来考完休息。我说原地休息一下，等统一安排，华子却要离开，我叫回了他。然后大伙儿坐在花坛边沿休息，华子却要跑进花坛里面去——花草可要受苦了！我让他出来，五分钟后，他又进去了。

153

下午，检查上周发下去的练习，华子一个都没有做！

要知道，华子可是老师们鼎力培养的班级里为数不多的几棵"苗苗"，他都这样，让人情何以堪啊！

我本想讲，却也只好等华子与其他几名自暴自弃的同学再做一会儿。

第二节课，我讲了练习题，却见华子在那里转着透明胶带心不在焉。

怒火直冲脑门！我顺势操起水杯砸在地上。

这杯子可是我参加学校第一届远距离越野赛所得的奖品！

那一次越野赛是我参加的第一次远距离体育比赛。我从小身体一直不大好，因此也就不大喜欢体育活动，学生时代基本就不怎么参加体育活动，更不参加体育比赛。后来工作了，接到的一个班级没有老师带体育，于是硬着头皮慢慢和同学们一起参加一些体育活动。再后来陆续参加了一些学校组织的体育比赛式的活动，慢慢地才开始了体育锻炼的历程。那一次越野赛带有很大性质的自我挑战。整个过程虽然不能说是历尽艰难，却也战胜了许多身心上的困难，结果取得了第三名，奖品就是那只不错的水杯。

可是我可怜的脚趾头，也在那次越野赛中伤了六个，指甲全乌紫乌紫的——瘀血了，三四个月才恢复过来。

我砸了杯子，并严厉批评了他，也附带着批评了其他一部分同学。歇斯底里的，一个多小时的爆发！这是我带这个班级为数不多的几次发飙。

也是在这天早晨，见到程子。这孩子，看到他那格格不入的发型都不大舒服。前额长发飘逸，四周波浪此起彼伏——这在同学们眼中的非主流发型可有些历史了！上周下了最后通牒——再不把发型按中学生发型标准整理好，就不要再来学校了——这可是学校领导的强制要求！因此我周末放学的时候还特地给其家长通过校讯通平台发了一则短信：

  程同学的家长，您好！请在本周周末督促你的宝贝孩子以中学生发型的标准将头发重新整理好，下周将进行检查。

其实，从三月份一次周末放假之后第一次见到程子那样的发型我都心里发毛，一个标标志志的孩子怎么留了个这样的发型，格格不入不说，也是与我们的中学生日常行为规范背道而驰；况且程子还是初三复读的学生，总还有当初复读的目标吧！但这样一个发型告诉我：他已经堕落了！我随即找他谈了半个小时的话，从他来校复读最初的想法，谈到他曾经的努力，谈到他这学期随部分同学堕落为贪玩之徒，再谈到他目前的状态，谈到发型给同学和老师的印象。希望他能把发型整理好，并且必须整理好。但他却没有明确表态。

过了两天，我又找程子，要求他把发型重新整理好，他仍然没有明确表态！本想准他两个小时的假让他去重新整理发型，但哪敢呢，他跑出校门一去不回来怎么办，谁敢冒这个风险呢？于是我给家长打电话，但没有人接，我打了三次，都是"Sorry, the number you have dialed is not answered, please try again later"，又发了一则短信，结果石沉大海！

我又想亲自带他去理发。但还是不敢！他要是走出校门不听我指挥，拔腿跑了，我估计是追不上他的。

我唯一能做的就是一边跟他谈话，希望他能主动去理发，一边给他的家长打电话，希望能打通，希望能来人带他去理发！但我的愿望终是没有实现。

十九天，在希望和失望中徘徊和煎熬。终于熬到学校放假休息的日子，程子也终于得以回家见父母了，这一次该可以解决问题了吧！在走之前，我找到程子：这周回去必须把发理好。

"嗯，嗯，我一定理！"

我喜出望外，这孩子终于答应理发了。

两天后。程子来了，依然顶着那头"鸡毛乱发"来了，我差点背过气去！好无奈！我找到他，但不管说什么他都一言不发。哎！无言的抗拒啊！

我给家长打电话，电话也终于通了，家长说回来两天都没有见到他的人影，不晓得他到哪里去了。我说到头发，家长说他们说这孩子也不听啊！哎，怎么办呢？过了不久，程子来找我了，说要请假，没钱了，头也疼，要回去治疗。我问能不能坚持，他说不行。我马上给家长打了电话，家长说可以让他一个人回去。我只好给他准了假，并要求回去之后要给我打电话，他答应了，然后走了。回去还确实给我打了电话，说到家了。

但第二天上午，家长打电话问孩子到学校了没有，我说没有见到他。下午又打电话，可程子还是没有来学校，晚上仍然没有来，也没有回家。家长

野菊花

说不找了，找也找不到，看他能跑到哪里去。我知道，这是家长的气愤之语。哎，这孩子，竟然离家出走。

第三天，程子出现在我的面前——还是那鸡窝一样的发型，乱七八糟，乱糟糟，乱蓬蓬，乱哄哄的……

那天，恰逢学校领导巡视班级，当再次看到程子那发型时，估计是太出乎意料了，当面跟程子谈了话，又下来问我："为什么还没有理发？！"我能说什么呢？我要说我一直在努力吗？呜呼，我无话可说。

琳子也是初三第一学期从县城转入我们班级的。我不知道她为什么要转到我们这个与县城各方面条件都相差很多的山里学校来，我也不想知道。这些年，我们学校接收了很多外来学区的学生，有慕名而来的，有转学复学的，但更多的是在县城学校待不下去转来的，后者占很大比例。但我一般不去了解他们的过去，他们能来，是对我们学校的支持和信任，也是一个新的开始，我也愿意给他们一个重新开始的机会。

记得琳子来的那天，是她的父亲和学校领导带着她来找我要进我的班级，当时，琳子的父亲信誓旦旦地说："她要是再调皮，你们直接给我打电话，我领走就是了，什么也不说！"既然家长把话都说到这个份上，我还能说什么呢？

但后来，情况却并不乐观：琳子我行我素的一面逐渐暴露了出来。首先是宿舍管理员老师经常给我反映：琳子同学每天晚休不遵守纪律，内务整理心不在焉，甚至根本就不打扫宿舍公共卫生；科任老师下课后给我反映：琳子同学上课左顾右盼，与周围同学交头接耳，嘻嘻哈哈，不听课、不交作业；班级安全信息员给我反映：琳子又与同学打架了，还在厕所抽烟……哎呀，太多了！其实我也发现，琳子在班上已经逐渐成了"大姐大"的角色，甚至还有一伙粉丝了，头发后来也染了色。

我当然并没有像家长说的那样，孩子有问题了就让家长领回去，我愿意给琳子重新开始的机会，因此我与琳子的谈话也就多了起来。但每次我和琳子的谈话，其实都成了我的自言自语，她连正眼都没看过我一回，每次都是脸侧在一边，一言不发。再后来我的信心也就慢慢地下降了，我开始给家长打电话，但是我发现，电话一般也不怎么能接通。偶尔接通，接到的多是家长的叮嘱："老师你把她管严一点！"我知道这些，我何尝不想把她带好，让她能专心学习，让她有个好的习惯、好的品行？但无论你冷水、温水、热水，也无论你动之以情，晓之以理，软硬兼施，得奏效了才行。可是我功力不够，对方似乎不为所动。

周日下午，学生该到校了，但琳子却没有来，打电话给家长，似乎没打通，我只好给家长发短信过去，告知孩子没来学校，让查实原因回复我。过了个把小时，家长来电话了，说孩子下午就往学校来了，怎么会没到学校呢？

孩子离家出走了！我们都意识到问题的严重性！家长赶快联系寻找，我则开始询问班级同学。

周一，杳无消息！周二，家长告知我，在同学家，但不愿回家——悬在高空的心暂时放下了些。周三，家长打电话给我："让孩子来嘛！"我回复家长："可以，但希望家长能护送到学校。"周四，琳子和她的母亲一起来了，我想当着家长的面和琳子好好谈谈，但琳子两手插在裤兜，侧着身子，仰着头，无论说什么，总是一言不发。我有些无奈，只好要求琳子写个书面的"保证"，家长签上字，然后再上课。这时已经差不多上午快放学了。

吃过午餐后，我到办公室，见母子俩吃过午餐也来了，但"保证"却只字未写。家长给我说："这次就算了，她下次不会了。"我当然要坚持："保证"还是要写的。

我见家长在那里近乎哀求地给女儿说着什么，过了一阵，忽听琳子大声吼道："要写你写，我不写！"我们在办公室的几位老师都为之一惊，这是个什么样的孩子，竟然冲母亲这样大吼大叫！

后来"保证"到底有没有写，我的记忆中一片空白，但琳子吼母亲的声音，却是"余音绕梁"，甚至甚是刺耳！

一天，我到办公室，谷老师告诉我：超的父亲来找过我，幸亏我没在，要不然可能会有些不愉快。

超到这个班级的时候成绩很不错，看起来也很有灵性。但后来了解到，超的父母亲离婚了，他跟着爸爸住在一起。再后来，超开始跟一些贪玩的孩子形影不离，慢慢地开始抽烟，上课也心不在焉、左顾右盼，成绩一落千丈，

有时候测验还交个白卷什么的,甚至还带动了一批学生和他一起贪玩。和超的沟通也没少,和家长也略有沟通,但几乎没什么转变。

早上,超的父亲给超拿零花钱来,说见超低头趴在课桌上,似乎没有在听课,因此在办公室吵嚷:过去孩子学习很好,现在为什么是这个样子!

唉!不说了,这段时间不知道为什么,这些孩子真有些让人操心,或许真的是我的错,或许真的是我没有尽力。这些孩子多是放弃了以前好的学习环境,到我们这个条件较次的学校来插班读书,孩子的那份希望,父母的那份信任,或许是我将其无情地摧毁了!

我在忧郁和自责中度过了几天,也想了很多。但我又想,我就要这么忧郁下去吗?那样或许会更对不起越来越多的学生和家长,甚至是自己。我的激情哪里去了?我的斗志哪里去了?我的信念哪里去了?

对!我们要加油!我们要雄起!加油!雄起!

我笑了,同学们也笑了!灿烂的笑容!

——既然选择了远方,便只顾风雨兼程!

被掀翻的桌子

2016-3-10

黄同学转学了，回了宁强。

当同学们告诉我这个消息后，我瞬间有些不知所措。我知道，这都是因为我啊……

黄同学为人随和，成绩中等，给我感觉还是不错的。这是我喜欢的那类同学，因此自然也就愿意和他接近。

但黄同学行为习惯却不怎么好，有些多动。我希望他能慢慢地好起来，因此，他每每表现好一点或者有点进步，我便毫不吝啬地表扬他一番，我希望通过这样的方式能让他有更大的进步。

后来在一次家长会上，我单独和他的家长进行了交流，家长对他期望很高，也表示很支持老师的教育，这就更坚定了我希望他能有更大进步的决心。

但他在课堂上的嘻嘻哈哈总是不能收敛，一节课说个没完，越来越不能让人接受。每一节课被点名的次数至少不下五次，但最多管几十秒，他又开始了，可以说已经严重影响到讲课了。一天晚自习，他仍然在下面叽叽喳喳，老师讲一句，他就要接一句，出一起洋相，而全班同学似乎更喜欢他出的洋相，一阵狂笑。声音之刺耳，让我有些忍受不了。

最终，我还是没有忍住。我搬起他的课桌摔翻在

讲台上！声音有些大，同学们似乎被惊了一下，但在短短三秒的安静之后，后边几个同学一齐发出了"嘿——呀"的一声合音，然后又是一阵哈哈哈哈的肆无忌惮的笑！

我的情绪一下子有些失控，大声嚷道："有什么好笑的！我批评人呢！还有没有是非对错观念！"后边仍有个别同学"呵呵呵呵"几声。此时的黄同学，脸有些发红。他离开座位，把课桌慢慢地搬回到自己座位上，再把书整理整齐放进抽屉里。可能由于我用力过猛，课桌腿都有些松动，他便蹲在座位旁，舞弄着课桌腿。

此时我已经有些后悔，都是因为冲动，我是不是重了？是不是过了？但我确实没有忍住。十多年来，我还是第一次这样对待我的学生，但我还得继续讲完我的课。我就这样一边讲课，一边忐忑不安地想着，直到下课。

下课后，我给班主任陈老师发了一个短信，简要说明事情原委。黄同学便被叫走了。

上课后，他按时回到了课堂，一节课虽然又是多动，但也算是相安无事。放学后，我没有和他谈话，因为之前的多次谈话根本没有改变什么。

第二天，他在我下课时忽然跑到我跟前，略带笑容地跟我说："老师，我期末考试要考八十分，我要好好学习！"我没有回答什么，只是在心里默默地说："但愿吧！"

但后边的几个星期，我并没有看到他所说的"好好学习"是个什么样的表现，仍是没多大改变，甚至连作业也不想完成了。对此，我能说什么呢？心里只有失望，同时也有些惭愧。这样一直到了期末考试。

这学期，他没有来。我问他的同学，他们说他回宁强了。他之前可没有说过要回宁强的啊！即使那次和他家长交谈，也没有提及他要转学的呀！

黄同学转走了，当然，不管他转到哪里上学，我还是满心希望他各方面都能优秀起来。其实他已经挺优秀的了。

在没有黄同学的这段日子里，我心里多了道坎儿，总感觉缺点什么……

我知道，我差黄同学的不仅仅是一个道歉！

你可以更优秀 (演讲词)

2016-6-13

尊敬的各位老师，亲爱的同学们：

大家早上好！

先从一段故事说起吧。本学期运动会已经过去两个月了，记得在运动会上，我被安排为计时人员，在女生三千米长跑赛事的时候，我所计时的一名女生明显成绩不佳，落后于很多赛手。在最后一圈的时候，我便陪着这名赛手一起跑到终点，我感觉她最终所取得的成绩明显有所进步。

在最后一圈我陪跑的过程中，我只是对她说了几句话，我说："加油，看看前面这名赛手，你可以超过她。"这位同学便加快了脚步，也确实超过了前面的一名同学。我又继续说着同样的话，这位同学又超过了一名同学。就这样，到终点，这位同学超过了至少七名同学。我们试想：如果在她前面的只有七名同学，那她完全有可能拿冠军！此处应该有掌声。

（学生果然鼓掌）

谢谢大家终于听了老师的一次建议，把热情的掌声送给了这位同学。那么，我们如若平时在每件事上都能听老师的建议，积极地去做事，那我们的进步岂不是会更大！你们知道老师的最大愿望是什么吗？是希望每位学生都优秀！希望每位学生都出类拔萃！

161

可是我们的实际情况呢？

早晨起床就开始昏昏沉沉，进教室拖拖拉拉，早读鸦雀无声，上操无精打采，课堂上睡意浓浓，作业敷衍了事，校园里横冲直撞，张嘴出口成"脏"，吃饭随意浪费，垃圾随手乱丢，等等。

其实，这些种种我们都可以去改变。比如：早晨起床认真而麻利地整理好内务，进教室打起十二分的精神，早读能听到琅琅读书声，课前积极预习，课堂上积极思考，积极发言，课后认真巩固复习，认真完成作业，待人谦和，处世友善，节约粮食，认真值日，这不好吗？这不应该吗？

同学们，我们的潜力是无穷的，只要我们试着去改变自己，我们就有理由相信：我们一定会更优秀！我们一定会更优秀！！我们一定会更优秀！！！重要的事情说三遍。谢谢大家！

孩子，请给自己一个机会

2016-6-7

本节是二（一）班的语文课，根据上节课的经验，我想继续叫两位同学坐在身边，希望对他们有些帮助。

上节课也是语文课，二（五）班的。今天语文课的任务很明确：把"课后古诗词背诵"后边的四首古诗词背下来，但如果之前布置的前六首诗词未完成背诵，这节课就加油弥补。任务布置了之后，我便坐在陈同学和赵同学旁边。他俩课堂上表现不怎么好，因此座位被安排在挨着讲台的地方。说实在的，坐在挨着讲台的位置，可谓是在老师眼皮底下，但两位同学的表现并不见得好多少。

我见陈同学又打算用自己已练成的水火不容、刀枪不入的"磨磨功"把这节课消耗掉，便问陈同学："能背吗？"

他摇摇头。

"那你打算读几遍背下这首古诗？"

他仍摇摇头，显然没有底气。

"其实这个并不难，内容也好理解。你如果决定读三遍背下来你就可能读三遍就能背诵；你如果决定读五遍背下来你就可能读五遍才能背诵；但如果你觉得自己背不了，那可能真的背不下来。这样，我们先

读三遍试试。"

他的态度倒是蛮好的，跟我读了三遍，然后就一起一句一句地开始背诵。结果我们竟然相互补充勉强背完了第一首诗。

"好，那你再读两遍，看能不能背诵。"

他读了两遍，真能背了。

奇迹啊！

我们又继续翻到下一首诗，开始读，开始背。

旁边的赵同学似乎受到感染，也开始卖力地背诵了。

抬头，却见吴同学瘫着身子伏在课桌上，手里拿着笔头有意无意地玩着。看起来度数挺大的近视眼镜躺在鼻尖儿上，显得他那一双似睡非睡的双眼更加迷离。这也是他的一贯作风——这样耗到下课！

吴同学算是能载入我十多年教育史册的一名学生了：学习完全没有兴趣，根本不放在心上。我原以为这孩子智力有些问题，一次见到他旁边的人便问，那人却说他在家里手机玩得精通得很——这哪里是智力有问题！

一次，在抽查一首古诗默写的时候，恰好抽到他。一首五言格律诗，他只写出了第一句的几个字，我颇有些失望，因为这首诗的背诵和默写已经布置了几周时间了。

第二天上课，我仍然抽到他继续默写昨天的那首诗，他仍然只写出了第一句的几个字。

第三天、第四天、第五天，我继续抽查他默写那同一首诗，但结果基本都是一样的。

周末两天过去了，新的一周开始的第一节课上，我又叫他上讲台去，仍然还是那首诗，他默写的结果仍然是一样的。我有些绝望，同学们似乎也有点看不下去了，目光都聚焦到他身上。看着他咧着嘴回到座位上，我能说什么呢？他可不是那种叛逆的孩子，平时很乖巧，与人和气，从不和老师对着干，但就这首古诗，四十个字，有那么难吗？

过了几天，我教四岁的女儿背诵，大概也就十遍的样子，女儿竟然能整首背下来。真的有那么难吗？

我找他谈过好几次话，也和家长多次接触过，但这孩子除待人态度一直保持良好之外，基本没有多大变化。看到他这样，我在心里几乎对他有些放弃了。

今天见他继续保持着他一贯的作风，便示意他到我身边来。他用右手食指指指自己的鼻子，看嘴型应该是轻轻地问："我？"

我点点头，他拿着书过来了，我问他："能背下来吗？"

他看看我，咧着嘴笑笑，摇摇头。

"那《送杜少府之任蜀州》，读一遍。"

他便读："城阙辅三秦，风烟望五津。与君离别意，同是宦游人。海内存知己，天涯若比邻。无为在歧路，儿女共沾巾。"读得懒洋洋的。

我拿过书来，问："城阙——"

他没想到我这么快，让他读一遍就让背诵。

在他的惊讶中，我便把整首诗背诵了一遍。然后说："你看，多简单啊！"我示意他继续读。

他拿过书，这次明显认真了。他读了三遍，我便又拿过书，开始提示："城阙——"

"辅三秦。"他答。

"风烟——"

"望五津。"

"与君——"

"离——别意。"

"同是——"

"宦游——人。"

"海内——"

"海内——海内——"他卟嗒卟嗒地闪着有些睡意的双眼，有点接不上来。

"海内存知己，天涯——"我索性说完上句。

"天涯若比邻。"

"无为——"

"无为——无为——"他没有答上来。

"无为在歧路，儿女共沾巾。"我一口气说完最后两句，"继续读两遍。"

他又读了两遍，很明显，读得认真多了。

再背，能完全背下来。

我问："难不难？"

他摇摇头："不难。"

"那就继续背诵《登幽州台歌》。"

就这样，到下课的时候，他能背诵五首诗词了。而陈同学也基本背完本节所要求的内容和以前拖欠的内容。赵同学不但背完了本节要求的内容，还复习了上节课要求的内容。我向全班同学公布了这节课三位同学的成绩，并补充说："如果三位同学早能像今天这节课这么努力，成绩绝对'杠杠的'；赵同学，绝对超过王同学（王同学是我们班男生学习成绩的'领跑者'）。"他们三位笑笑。

本节二（一）班的课时，我又想重复上节课的经验，希望能有所收获。我指指付同学，示意他到我身边来，他看看我，脸上有些不悦。我再次面带笑容地示意他到我身边来，他的脸稍微有些发红，嘟起嘴，向我发出了微弱的声音："不来！"他明显不大高兴。

付同学是一班男生里面比较实在的一个同学，这几周之前的近乎两年时间里，学习上还算能独立自主。当其他大部分男生都选择用更多的时间玩的时候，他能管住自己，把更多时间用于学习，上课也比较认真。但最近几周不知是怎么了，学习的热情明显有些下降，作业也有不完成的时候了；座位调到后边以后，也喜欢和旁边的同学交头接耳了，课堂上也不那么认真了。所以这节课我首先想到他，希望他能在这节课有些收获，但他似乎并不愿意接受。

我又把目光转向另外一位与付同学状况极其相似的田同学身上，示意他到我身边来。田同学一贯爱咧嘴笑，不管你表扬他、批评他，还是激将他，甚至挖苦他一下，他总会对你笑，眼珠还左右转几下，露出他有些发黄的牙齿。尤其是每次抽他回答问题，他总是缓慢地、双手一定要撑着课桌，好像使出全身的劲儿才站起来，然后发出极其温和的、蚊子声一样大的声音，也不知道说的是什么。每每这时，我便会带着鼓励说："再重复一遍，男子汉回

166

答问题就要拿出男子汉的魄力。"他便一笑,脖子歪两歪,再稍大点声重复一下答案。但下一次回答问题又会回到原来的模式。后来等他回答完之后我干脆来一句:"很好!"顿两秒继续补充一下:"没听清!"

这次也是一样,他见我向他招手,仍然脖子歪两歪,笑笑,露出一排有些黄的牙。我再示意,他便摇摇头。

我只好说:"来嘛,把握机会。"

"不来!"他仍旧笑笑。

我轻轻地摇摇头,心里暗暗叹息:唉!

我就是想让你们坐到我身边来,少分些心,或者少和旁边的同学说话,能够一心一意地多记点东西,仅此而已啊。

一节课中,见他们两位同学,读一会儿,便和同桌或者后边的同学交头接耳一阵。见我把目光投向他们,付同学便稍稍嘟下嘴,头歪一下,又继续读;田同学则向我莞尔一笑,又栽着头覆在书上一会儿,或者读一会儿。

而我,赶快拿过一张纸,记下了这些文字。

那双一百八十块的运动鞋

2012-4

　　蒋同学这段时间不知道为什么，感觉有些堕落了：上课心不在焉，作业也不想完成了，见到老师也没有以前热情了，期中考试的成绩也是下降了不少。

　　要知道，蒋同学在我们班可是优秀生系列的，入学以来，学习上一直在默默地努力着，学生成绩从没有落后过，和同学们相处也比较和睦，热爱劳动，有问题爱问老师。给我感觉是个很实在的学生。老师们都对他评价挺好。

　　可是，经过一个暑假之后，进入初二这段时间以后，怎么什么都变了。

　　蒋同学这样的情况早已引起了任课老师的注意，当然也包括我。我们也找蒋同学谈了好几次话，但似乎没有什么效果。

　　我打算和他父亲谈谈。

　　蒋同学的父亲我挺熟悉的：实实在在的农民，常年以种地和打零工为业。由于自己没有什么技术，打工多以苦力为主，家人有些智障，主要靠他照顾。孩子读书、家庭生活，所有的责任压在这位老父亲的肩上，诸多困难考验着他的耐力和意志。

　　蒋同学的父亲如约来到了学校。当我看到这位老父亲的时候，仍然忍不住有些酸楚：乱蓬蓬的头发似乎好久没有洗过，也好久没有理过，衣服和裤子上好多泥和灰尘还没来得及掸一掸，还有些破洞。解放鞋，一双都破了，看得见脚趾头。

我差点没忍住，似乎看到父亲站在自己面前。我有些内疚，或许不应该让他到学校里来，或许他还正给人家干着活，这一走，不知道会不会被扣工钱。

我从教室叫出蒋同学，他两手背在身后，"金鸡独立"靠着墙立在那儿。见着自己的父亲，似乎也没感到意外，甚至有些心不在焉无所谓的样子。

我把蒋同学入学以来的表现和现在做了些对比，再谈到他的家境，并让他想想作为一个男生将来肩上的责任。

蒋同学的父亲发话了："儿，你看你，在学校要好好学习啊！你哥哥就把我气得，当年不好好学习。现在就是你了，就是再苦，我也要把你供出来。"说着声音似乎有些哽咽了。

我倒是越发地有些激动，竟拿父子俩的衣着比较起来："你看看你爸穿的衣服，你再看看你。"低头一看他们的鞋，又道："你再看看你爸的鞋，你的鞋至少也要七八十块吧，可你爸连一双新解放鞋都舍不得买！"

"嘿呀，他这鞋一百八十块呢，他在街上要要，我给他买的。"蒋同学的父亲说。

一百八十块！

我差点背过气去。说实在的，就是现在，一百八十块一双的鞋我也得考虑一下才会买的。上初中那会儿，我是连八十块一双的鞋都没穿过，那会儿穿的最贵的就是"荣光"牌运动鞋，十三块一双。

我心里堵得慌，憋出几个字："一百八十块一双的鞋，你也忍心穿得上脚！"

后来，蒋同学仍然没有什么转变，所有老师与他的谈话都以失败告终。

再后来，中考时蒋同学也没能考上重点高中。我听说蒋同学的父亲出了八千元的借读费让他进了重点中学。

之后大概一两周的样子，我在街上看到蒋同学，他穿着时尚了，手里还提着个手提电脑。

可是，不知道为什么，我总无法忘记那双露出脚趾头的解放鞋和那双一百八十块的运动鞋……

小谈古今事

老 T

2015-4-9

今天，无意间读到一篇文章《看自行车的女人》，文末有这样一段话："人与人应该是平等的。弱者有时对这平等反倒显得诚惶诚恐似的，不是他们不配，而是因为这起码的平等往往太少，太少……"忽有一种想为老T写点什么的冲动。

老T是有名字的，只是在这里不便披露。

老T是一位精神病人，现在大概已经年过花甲了吧，但他从什么时候开始患病的，我就不得而知了。十多年前在这里上学的时候他有没有患病，现在记忆中也不是很清晰，那个时候感觉确实没什么印象。

有人曾说，有算命先生给老T算过命，说他上辈子是位当官的大人物，由于贪污受贿过多，这辈子患精神病赎罪来了。

我们当地人一般不把老T叫精神病人，而是称"瓜（guǎ）娃"，也就是智障者的意思。

二〇〇四年秋，我回到曾经上学的学校工作，就经常在路上看到老T，蓬头垢面，穿的老是破破烂烂，背上老是背着个蛇皮袋子，手里拿着个棍子，迈着蹒跚的步伐，一路走一路噢噢啊啊的，也听不清他说什么。

小孩子是很怕他的，大人们说老T会打小孩子。

中学的女生也很怕老T，我倒是见过几次，几名女生走在路上，远远地看到老T来了，就是一阵逃命似的疯跑，同时发出吓人的惊叫声。老T呢，则望着她们发出狰狞的笑声，望着她们远去的背影，迈开蹒跚的步子走了。当然，男生是不怕他的，远远地见他来了，便都镇定地捡起路边的石头，对他一阵猛投。老T呢，则是抱着头，嘴里发出惊恐的咿咿呀呀的带着怒气和无助的声音，手里胡乱挥舞着木棍。孩子们打完，又都一哄而散，各自逃命去了，有没有伤着老T就不得而知了。没有人在乎他，也没有人怜悯他，留下的只有老T那无助和凄厉的让人听不懂的哀鸣，只可惜他手里的木棍根本就没有派上用场。

　　一天早晨，我往单位去，远远就听见狗叫声和咿咿呀呀的怪叫声，其实我不看都知道，那是老T的声音。刚拐过一个弯，确实是老T。两只狗疯狂地围着老T打着转，露出尖锐的牙齿，发出令人毛骨悚然的叫声。地上散落着他一贯背着的蛇皮袋子，乱七八糟的垃圾已从袋子里散落出来，狼藉一地，看来他背着的一向是他捡的破烂。他手里死死地握着那根木棍，惊慌地随着两只像是要吃人的狗打着转，嘴里发出无助的哀鸣。我从小就非常怕狗，但我们村子里每家都养的有狗，我都不敢回家，每次回家都像做贼一样，悄悄地，大气都不敢出，偷偷摸摸地潜伏着摸进屋子里。要是稍微弄出点响动，惊起一只狗，那就惨了，全村的狗一齐疯狂地嗥叫着飞奔而来。我经常是又气又吓，恨不得自己是位飞檐走壁的大侠客，挥舞着手里的金丝大环刀，将那一只只可恶的狗削成狗肉泥，然后狠狠地踢进泥土里也难解心头之恨。因此怕狗也就成了我天下第一怕，每次见到狗就会远远地躲开。但那天不知道哪来的勇气，竟然想都没想，拾起路边的石头带着对狗无比的仇恨狠劲儿地砸出去——竟然有一块石头砸中了其中的一条狗，它嗷嗷地叫着跑了，另一只狗见同伙遭到莫名袭击，也撒腿逃命去了。而老T分明还没有从惊恐中缓过神来，一屁股瘫坐在地上，但见腿上却满是鲜血了，还一直流着，恐怕刚才两只恶狗已经袭击成功。但我也不敢走近老T，说实在的，我虽然有些同情他，但还是怕他的，一个精神病患者谁知道呢？但我看他的脸时，他表现得虽有些痛苦，但目光却显得柔和。我怕迟到，匆匆往学校跑去。我边跑着，忽地想起中学时我们的Z老师给我们讲：电视里丐帮为什么有打狗棒以及打狗棒法，因为"狗眼看人低"，乞丐们有了打狗棒，就不怕狗来咬他们了；不信你穿得体体面面的试试，狗一定不会来咬你。我当时总觉得Z老师此番言论犀利之至，是另有所指，同时觉得每次回家都遭狗咬，岂不是把我也讽喻成破落乞丐不如？但老T手里不松开的木棍似乎还真验证了这一点。忽然觉得人们都认为的老T手里的木棍是用来打人的这看法似乎太过片面。

但从那以后，我在路上碰到老T，他总是先冲着我笑，还同时竖起大拇指来个"顶呱呱"的手势。我不知道为什么，开始也是匆匆走过，后来次数多了，也回他一笑，也慢慢地不用担心与他擦肩而过。回头，却见他也扭着身子还在望着我傻笑。

一次，我抱着一岁多点的女儿在路上散步，远远地又见老T过来了。因对他没有什么防备之心，就拿起给女儿的棒棒糖，让女儿也握着，一起递给他。女儿见他那蓬头垢面的样子，稍稍有些回避，但被我抱在怀里，也只是稍稍躲了躲。老T见我们递给他棒棒糖，有些犹豫，歪着身子，似乎怕我们不是真的给他，但见我们还伸着手，就在迟疑中接过去，疾走几步，歪着头对我们露出笑容。笑容不甜美，甚至有些难看，但笑得无拘无束，同时还竖起大拇指。女儿见到有人竖起"顶呱呱"，欢快地挥动小小的双手，也开心得一个劲儿地笑。

这以后，老T每次见到我和女儿，都会冲着我们笑。后来女儿会说话了，很骄傲地说："瓜娃还给我比'顶呱呱'呢！"

老T也终是没有露出他凶神恶煞的面容来，每次从他身边经过，虽都见他拿着那不离手的棍子，但从没有挥动过。

人们都说老T很神，哪一家有酒席，他准是提前到达，混吃混喝两三天。那倒是真的，我参加过很多红白事酒席，确实有他的身影，还见过他给主家抱柴火，收拾东西。有时候我也顺便给他一根主家发的烟，他倒是很满意地抽得烟雾缭绕。

更奇怪的是，有人说如果老T去赶的是老人辞世的酒席，他会抱着一叠草纸去。给逝去的人烧纸是我们这里的习俗，一般参加这样的酒席时，至亲的亲戚都会送纸送花圈，同时要给逝去的亲人烧纸钱。但人们说老T每去赶这样的酒席都会带上纸,还会给逝去的人烧,还会给磕头。我半信半疑。二〇〇九年,祖母去世,老T还真的抱着纸来了,还真给烧纸钱,很认真地在灵堂前磕了三个头。当时有人就评论说:别看他是瓜娃,他啥都知道呢。我看也是。

晚间,我和几位亲人给祖母守灵,要续香续蜡。我们围着火塘坐着,老T则挨着我们蹲在最角落的位置。由于烤的是柴火,烟雾缭绕,灰尘飞舞,最角落的位置当然最遭殃,但老T半蹲半卧在那里,倒也安然自若。可是到香蜡快要燃尽时,他却能及时起身去换好,并指着我们,面带责备的神色咿咿呀呀一阵,我们听不懂,但隐约觉得是在责怪我们更换香蜡不及时。凌晨三四点,我们都倦了,各自迷迷糊糊地打着盹,后来竟然睡着了,当被人叫醒时,天已经蒙蒙亮了。有人问我:"你和瓜娃睡在一起睡得香吧?"我转头一看,还真是和老T挨在一起,居然还靠在他身上。此时他也睡得呼呼地打着鼾,但见香蜡燃烧如故,怕是他的功劳也不得而知。

还有传言说老T老是顺手牵羊,乱拿别人东西,但我们搬过三个地方住,都是老T经常路过的地方,却从未丢过东西,也不见他明目张胆地拿过我们的东西。后来我们弄到些老人的衣服,本想给老T一些,因总见他穿得破破烂烂,却很少碰见他了。其实就算碰见他,我们说什么他也未必听得懂,于是就放了件棉袄在车里。终于有一次碰到了,当我停下把棉袄给他时,他又是笑又是竖起大拇指,见他的样子,忽地还有些鼻子酸酸的感觉。

后来终于有一次,见老T难得地从我们的出租房前路过,我"嗨——嗨——嗨——"几声,终于见他回过头来。我招手示意他过来,他似乎也明白了我的意思,或许是他认识我了。我走进屋里,拿出几件衣服表示要给他,他有点半信半疑的样子。旁边有邻居看见便提示我说:"你别给他东西,要不然他会天天来问你要东西。"我没有在意,我们这里的衣服主要就是给这些人群的,何必在意那么多呢?老T天天穿得破破烂烂的,不是更需要这些衣服吗?我拿起一件衣服准备帮他穿上,但发现他穿得太厚,一件又一件的,就示意他脱下几件。他很配合,脱下外边穿的两三件,我帮他穿上,基本合身。我又示意他脱下来,再找了一件外套帮他穿上,他嘴里咿咿呀呀地不知道说着什么,我又继续给他找了两条裤子。他穿着刚才刚刚换上的衣服,又很认真地把刚才脱下来的衣服叠起来，塞进随身背的包里。但包却显得小了，他索性将包里的全部衣服倒出来，然后再极认真地往包里装，最后虽然塞得鼓鼓的，但竟然也全部装下了。我站在一旁，甚是惊讶。旁边的邻居说："这瓜娃挺聪明的呀！"

"确实！"我答道。正说着，老T竖着大拇指摇摇晃晃地走远了。

后来的一段时间里，我很少见到老T，却还依稀记得邻居那次的提醒：给了老T东西，他会经常来的。现在看来，倒是希望能见到他，因为冬天越来越冷了。

但整个冬天都没有再见到过老T，偶有一丝担心："像他这种情况，冬天是最难过的，怕是……"

春天在东风中不知不觉地来了，阳光也越来越温暖。

一日，又逢一家酒席，刚到那一家，忽见老T靠在一处阳光能照射到的地方，双手相抄，一副很舒服的样子。眼睛闭着，嘴角流着一条长线，却还有些难以掩饰的微笑挂在嘴角。

我忽地猜想：他或许梦到了什么，一定是很美好的。

但不管怎样，他又迎来了一个美丽的春天。

四个馒头

2015-11-3

想给那个老太太拿几个馒头的想法已经很久了。

早餐总见剩一些馒头，学生不吃，也时有见垃圾桶里有被同学扔的整个馒头，甚感可惜。

我便号召学生："如果早餐馒头实在吃不了，可以拿给我，我拿去给一个老太太。"

第一次见那位老太太是在去年十一月份，当时我和涛哥拿了些旧衣服给几位老人。旁边有位老太太站在那里，我不敢贸然和她打招呼，因为见旁边的房子都是楼房，担心她不需要这些。我便问涛哥，涛哥却说："这老太太挺可怜的，去问问她，如果不介意的话让她拿些。"

我去一问，她便来了，选了一些基本能穿的。

可是有位女的却在一边说："妈，你拿那么多干什么？"我一听，担心起来，我们拿旧衣服给老人，最怕被儿女反对，甚至被轰走就有可能，因此我们都非常小心。

但老太太却一下火了："我不要你给我买嘛！"

那位女的，看情形应该是她儿媳。她听老太太这么一说，一下子委屈了："我给你买了那么多衣服，你却这样说！"

她们婆媳就那样彼此不依不饶地争吵开来，我们

甚是尴尬。幸遇村支书也在那里，我们才默默离开。

后来听强哥说，老太太的儿子有一年出事永远地离开了她，她现在一个人住，挺不容易的。

再后来，我几次看到那位老太太在街道上的垃圾桶里翻着东西。有几次还见她在文老板卖菜的街道边翻着文老板扔掉的菜叶什么的，然后将一些菜叶装在袋子里提着回去了。

看着她颤巍巍的样子，那花白凌乱的头发，顿时有些心酸。

有一次，我便找了些旧衣服给她拿去。我其实挺怕见到她的家人的，恰在粮站见她提着捡来的菜叶往回走，我便问她："旧衣服嫌弃不？"她有些茫然，或者说是不知所措，但她回答得很明确："我嫌弃什么哦。"我把衣服给她，带着女儿骑着摩托车走了。

女儿在回来的路上问我："爸爸，为什么不给那个老太太吃的呢？"我不知怎么回答。

后来看到学生剩下的馒头，我总想起那位老太太，想起女儿的话，但实在又不好开口给学生说。

上一周，又见老太太在垃圾箱里找东西，我终于鼓起勇气，给学生说了我的想法。

第二天星期五，早餐时间刚开始一会儿，一班的蒋同学真拿来一个花卷，还用一个看起来很精致的盒子装着，我一阵欣喜。

但一个花卷，我怎么拿给老太太呢？见刘老师桌上有学生提过来的花卷，便又取了两个，找了个塑料袋装好。

中午放学后，我把花卷揣在衣服里面，偷偷摸摸地出了校门——我真的怕人看见。

但当我骑着摩托车到老太太房子那里去的时候，却见老太太的房门用了一根棍子别着，我又转了一圈，仍不见老太太人。下午放学我又去，还是没有人。我想将袋子挂在她的门上，却又觉得不安全。

最终，那三个花卷没有送到老太太手中，回来看见老T在那里溜达，便给了老T。

今天早上，蒋同学又拿来两个馒头，没说什么就走了，我知道这是让我送给老太太的。我又问刘老师要了两个,中午偷偷摸摸地运出学校。

当我骑着摩托车远远地看到老太太在路边的时候,我一阵欣喜。我轻轻地骑车绕到她的身旁,取出那四个馒头。我没称呼什么,只是说:"我给你拿了几个馒头,你不介意吧?"我笑笑。

"哎呀……这……还给我拿些馒头来……还专程给我拿来哦……走,到我那去坐一下嘛……"老太太显得有些语无伦次,但她应该是想表达自己的感激之情。我见院子里面有她儿媳和几个人在搬东西,我怕人看见,更怕她儿媳看见,就一边回答"没事",一边调转车头想匆匆离开。

我本想着老太太会把馒头拿到她那简陋的屋子里去,但我刚转过车头,却见老太太径直走进院子,还一边喊着应该是她儿媳的名字。

我不由地一怔:她不是和她儿媳吵过架吗?也听说她和她儿媳关系不大好,——现在好了?——那就更好了!

但可怜的人啊,有了吃的总还是想着孩子……

我回去一路上都有些心酸,我想把这件事告诉给妻子,还有我五岁的女儿,更想告诉我那些无忧无虑的学生们……

老 黄

2015 -10-25

　　老黄本不姓黄，但村子里的人都这么叫他，我也不知道为什么，好像与他的乳名有关系。

　　老黄早年丧偶，那个时候我还小，依稀记得，老黄妻子好像得了什么不治之症，又好像是得病无钱医治导致不幸辞世。老黄妻子去世的时候他女儿还小得很，老黄不知道是怎么含辛茹苦地把女儿拉扯大的，既当爸又当妈的。

　　老黄妻子去世之后，老黄也为自己再续弦奔走了好一阵子，也受了很多白眼，但终还是没有成果，一个人一直到现在。

　　老黄在村里人的印象中好像家庭经济比较拮据，实际上似乎村子里的人都不大欢迎他，甚至有些嫌弃他，也都不怎么和他交往，所以在很大程度上老黄也算是个单干户。

　　但老黄有手艺，会做土酒。土酒在我们当地算是一大土特产了，用玉米发酵，关键是用玉米颗粒发酵，因此比将玉米磨成粉发酵之后酿出来的酒味道更独特、更受欢迎。这种玉米酒在我们当地很有市场，是我们常饮用的酒。要是给远方的朋友送个土特产，这种酒也是不错的，值钱不多，但礼轻情意重嘛。再说独特的风味不是哪儿都能有的，也不是钱可以买得到的。

这种土酒一般卖八元一斤。据老黄说，一百斤玉米能出酒六十来斤，除去成本和人工费用，一百斤玉米有两百多块钱的利润。

我们村子做玉米土酒的有两家，老黄离我们家近。说实在的，我感觉老黄挺难的，因此买酒也爱买他家的，反正买别人的也是买，还不如让老黄赚点钱。我除了自己买，还帮忙给一些朋友和熟人买，少则十斤，多则百来斤。

老黄除了做土酒，还把余下来的酒糟子拿来养猪。据他自己说，养得还不错，一次养个二十多头。我在心里暗暗算了算，按我们当地毛猪的价格八元一斤，每头猪就是两千左右，一栏猪毛利就是四万多，再加上做酒，一年的收入在我们村那可也算是不错的。至此，我对老黄更是刮目相看。由于他不用饲料喂猪，我感觉他养出来的算是天然无公害的绿色猪了。我打算给他在网络等渠道宣传宣传，说不定还会卖个好价钱。

每次回家，老黄总是老远就叫："兄弟回来啦，哎呀，真是稀客啊！"

我不知道怎么回答他，回自己家还算稀客？这还无形中激起我心里的内疚感——看来没有隔三差五地回来看老母亲啊。

他便过来，拍拍我的肩："哎呀，兄弟，你现在拽得很啦！"满脸的笑。

我发烟给他，他总是双手推辞。我知道他抽烟，便又劝，他便双手接住，道："哎呀，这兄弟，你客气的！"

说实在的，我倒希望他好好说几句话。他又问我："还要酒不？这回酒好得很。"

可是后来，我对老黄的看法渐渐变了。

先是母亲给我说："你别听老黄给你说，他就那张嘴，吹得不得了。"

我倒不以为然，我本也认为母亲对老黄可能也和村里的人一样。母亲说："他每天从这过，都要往这来，给我说：'婶子啊，你以后死了我第一个抬你。'还给你哥说：'大兄弟，你这以后咋办啊！'我听着就来气。"

这样的话，我听了确实也很不舒服，母亲快八十了，我老指望着她长寿呢，再说，老黄你也都五六十岁的人了。哥哥没有娶上媳妇，也一直是母亲的一大心病，这老黄却老提这事，你这不是给母亲添堵嘛！

和母亲正谈着话，老黄来了，又是那句话："哎呀，兄弟回来了，稀客

181

啊。""嘿嘿,嘿嘿!"——他总是这样笑,"哎,兄弟,把你那根桐木卖给我,我做烤酒的云盘①。老兄,你看要多少钱?我们兄弟俩,关系一直都好,给你二十块行不?"

说实在的,我倒不在乎二十块钱,想想老黄的不容易,便说:"能用你就拿去吧,钱不钱又有啥关系啊。"

"嘿,你说的,老兄,钱要给呢。"

"那你就把钱给我妈吧。"

老黄嘿嘿嘿嘿地笑着走了,母亲给我说:"老黄这人,他给我三十块钱我没卖给他,你倒好说话,二十块钱叫你卖了。"

有这事,这个老黄!

我忽想起前不久,我给一个熟人在老黄那儿买了几十斤酒。那天恰逢老黄新烤酒,我便在那里等着。酒好之后,我让老黄称给我,老黄说:"你看好称。"我对老黄还是信任的,便说让他称好就是。老黄说:"我保准给你称好,旺旺的。"

待我把酒送到熟人那里之后,我让他称称。他一称,却少了三斤。这怎么回事,路途虽然三四十公里,也不见酒洒出来啊。我有些尴尬,便找理由说,许是我们那里在高山上,这里要低得多。但心里暗暗庆幸:幸亏称了一下,要是过后再称出来少了斤头,那就不好了。

又有一次,一家过酒席,便托我给卖酒,两百斤。我回去找老黄,老黄正忙着。我说要酒,他说:"现成的没有,要的话我马上烤,你看这几作②,都发着呢。"我便答应了。

我说顺便看看老黄养的猪,猪圈就在隔壁,不大,不过就只有大概六七头,并不是我想象中的又壮又肥,而是每头有几十斤的样子,毛色也不怎么好。

第二天我还在被窝,就听见老黄在喊:"老兄,酒烤好了,跟我去拿。"

母亲说,别去。我不明白母亲的意思,还是跟他去了。但见他烤酒的作坊,还是昨天那么凌乱,似乎并没有烤过酒的样子。但屋子里还确实有一大桶酒。我说要尝一口,老黄找来杯子,舀出酒。我一尝,感觉味道淡淡的,再尝,确实淡淡的,我顿时有些失望,便对老黄说:"黄哥,这酒淡得很,没法给人家带啊。"

---

①云盘:做土酒所用的一种器具,主要用于收集酒液。
②作:量词。

老黄没说什么，只是嘿嘿嘿嘿地笑。

回去，母亲才说，他哪里烤酒嘛，今天一早去邻村背的酒，钱都没给，人家还追过来了。让他提洗锅水回去喂猪，回来就换成一个烂桶。

"哦。"我含糊地答道。

母亲让我上街卖玉米。我回母亲，让老黄来背嘛，省去好多的麻烦。母亲说："他又不给钱，老是欠账，然后就拿酒来抵账。我们要那么多酒干啥，再说，酒又不好。"

唉！这个老黄……

找个舒坦点儿的姿势翻翻书

2016-3-19

我忽然发现：我总是爱斜躺在沙发上。其实我似乎早就开始喜欢这个姿势了。斜躺着要舒服些，本来嘛，近一米八的个子，却只有不到一百三十斤。早晨六点半起床，然后便站着、坐着或走着、跑着，一天下来，我感觉啊，两条纤细的腿也挺辛苦的，躺一下，让它们俩也休息休息。

我躺着，背后垫一个大枕头，手里拿起一本散文集子翻翻，看上那么几页。两条腿呢，要么伸着，要么曲着，要么一条伸着，一条曲着。这个姿势我知道很不雅观，但家是个与外界相对隔绝的地方，关着门，谁也不知道。但凡楼道有脚步声或有人敲门，立马用迅雷不及掩耳之势从沙发上弹起，或去开门，或坐正身体，一本正经——因为门一般不锁，一推就开。如果来人急着推门，那就有伤大雅了；如果没有人来串门，这样拿着书翻翻，倒也可以读些内容来，也是件很惬意的事儿。

近些年来，感觉闲暇的时光相对多了点儿。回想起以前做着班主任，整日心悬在半空中，只要没有和学生在一起，手机一响，便会惊出一身冷汗，心里总在嘀咕：哪个同学又有什么事了？摔倒了、违纪了，还是打架了，甚至是被子没有叠整齐，还是又没交作业呢？学生的方方面面总是让人提心吊胆。除了学生的日常生活，学业也是班主任牵挂的问题：这位同学数学又退步了，那位同学英语又滑坡了；这位任课老师反映这位同学没有认真听课，那位任课老师反映那位同学又没交作业；这一科整体进步了，那一科又在全年级后边了……这些，总是把心里占据得满满的。就算夜间躺在床上，手机也一直放在枕边。半夜是最担心电话响起的，最怕宿舍管理员打电话过来。因为只要宿舍管理员打电话来，准是哪位同学病了，要及时送医院就医。我们学校没有校医，而且学校严格规定：学生有病需老师护送就医，且必须在正规医院医治。我们镇上所谓的正规医院也只有镇中心医院了，因此必须要送到那儿治疗。

  那时送学生就医最难的事就是没有方便的车。学生如果清醒还好，由俩陪同学生扶着，我打着手电一路跟去，找医生、诊断、开药，然后就又一起送回宿舍休息。学校距医院一公里左右，来回加上看病的时间一个多两个小时就可以结束。但是遇到昏迷的学生，那就急了，不知道学生到底怎么了，背上昏迷的学生，另外由俩同学扶着，一路小跑直奔医院。累就别提了，关键是心急啊，要是学生有个三长两短，那可咋办啊！去医院的一公里左右的路似乎成了二万五千里长征，感觉总是走不到镇上，喘着粗气，但哪里又敢放慢脚步？陪同的学生除了扶着，也无计可施，毕竟才是十三四岁的小孩子，哪里背得动七八十斤的人呢？等到了医院，衣服基本已被汗浸湿了，累得两眼冒金星还得瞅着医生检查，而后给个确定的诊断结果。开药、打点滴，就这样陪着，直到学生苏醒过来，高悬着的心才算放下了些。如果状态好些，就领着学生回学校，还可以休息会儿；如果状态不好，一直要挨到天亮，然后再拖着疲惫的身子回到学校准备新一天的工作。当然，那一天也就精神不振，无精打采了。

  另外也最怕学生打架。打架后当事人公说公有理，婆说婆有理，特别不好明断是非。要是有人受伤惊动了家长，那就更麻烦了。家长带着孩子要去县里检查，要去省里检查，这其中最麻烦的当然是出钱的问题了。爽快的家长还好说，不爽快的家长就不认那个理了，哪肯出钱呢。这事便会闹到校长那儿去。哪位校长愿意遇上这事呢？当然又不得不去面对，只得想方设法去安抚双方家长、摆平事情。当然这种事给领导添麻烦，自个很过意不去，领

导也会不开心。

后来带一届学生，到初三那一年，我咽炎犯得厉害了，说不出话，喉咙处像有根针刺着，嗓子疼，又化脓，好不容易坚持到那一届学生毕业。

新学期开始前，我给领导请示，希望能休息一年，不再担任班主任工作。领导最初不同意，一阵劝慰，最后校长做出了让步："先把班带着，等病严重了住进医院再说。"

最终，那一年，我没有再做班主任，而是只带着两个班的语文。

渐渐的，我感觉不再像以前那样心总是悬着了，可以花更多的心思去备课，可以给学生把语文讲得滔滔不绝，可以有更多的解读去和学生分享，偶尔还可以舞弄些文字拼凑起来自己读读，或者和学生一起写写作文，还有更多的时间可以翻翻书了。

我终于明白，为什么上学那会儿还是挺爱看书的，但毕业后那几年翻开书总是看不进去，又不得已放下去的原因了。或许读书真的也要心情吧，需要让心里安静下来，无牵无挂的。后来我就常给我的学生们讲，读书要静心，在静心中阅读，在静心中感悟，唯有静心，才可能尽可能多地品出文章的味儿来。

现在下班之后的空余时间，我便斜躺在沙发上，拿起一本书翻翻。感觉一天的疲劳也就在不知不觉间消除了，心里也挺踏实的。有时将那么一篇文章读过两三遍，觉得味儿也更浓了。

这样读会儿书，妻便将饭递到我面前。我让她放在茶几上，她不肯，我就只得一边说谢谢，一边接过碗。吃饭中，回味着刚才读的文章，不觉又多了几分味道。

我总认为：生活是幸福的，而这种幸福，就来源于生活中的点点滴滴。但要感受到这样的幸福，却需要我们让内心平静下来，心怀感恩，心境也就自然开阔了。就比如下班后能舒坦地靠在沙发上，翻上几页书，品一品来自不同环境、不同时代的一些写作者的心声，去体会他们对生活的感悟，去品味他们丰富而不同的人生。

今天，我们的生活节奏越来越快，总也免不了为繁忙的工作而累，为生活中的一些挫折所羁绊，为家庭亲人之间缺少沟通理解而烦恼。每每在这个时候，何不找个舒坦点儿的姿势，靠在沙发上，倚在窗台前，顺手拿本书翻翻，让心情平静下来，去感悟生活的另一面带给我们的幸福呢？

　　我喜欢简单的生活，在简单中，翻翻书，舞弄舞弄一些文字，将它们肆意地拼凑起来，更多地去感受自己的生活，感受生活中的幸福。

皇帝的新装（续）

2015-10-22

皇帝在游行中听到那些不和谐的声音，心里确实有些不踏实。

待游行完毕回到皇宫之后，皇帝立即召集群臣，厉声质问到："尔等都说说，街上那些刁民为何如此说？"

群臣都吓得战战兢兢，连呼"陛下饶命"。他们先前是跪着的，此时整个身体都无力地贴着地板，大气都不敢出。皇帝一扫群臣这般模样，一挥手中的权杖，指着最先去看织布的那位诚实的老大臣："你说！"

那位诚实的老大臣听到这声音，全身一软，像一摊烂泥一样瘫在地板上，浑身哆嗦，汗如雨下，连从队列中爬出来的力气都没有了；想憋出几个字，上下唇齿却不停地碰得咯咯响，然后两眼一翻——晕过去了。

皇帝再次厉声喝道："废物！拖出去！"两名卫士立刻进入大殿，抬起老大臣出去了。

其他大臣也不知道该说什么。与此同时，又有几位大臣晕过去，卫士们又是一阵忙碌。

皇帝一瞅，去看织布的第二位诚实的老大臣还在下面跪着，他又指着那位老大臣，喝道："你说！"

这位老大臣见过的大场面或许要多得多，暂时没有被当时的氛围吓得晕死过去。他哆哆嗦嗦地爬将出来，但仍不敢抬头，鼻子贴着地面："陛下息怒，陛下的这套新装的的确确是全世界最完美、最华丽、最漂亮的,是独一无二的。街上那伙刁民,分明是居心叵测,胡言乱语,陛下英明,千万不要被刁民之妖言迷惑啊!"

全体臣子像是听到什么指令似的,齐声说道:"陛下英明,千万不要被刁民妖言所迷惑!"

这时一个洪亮的声音响起:"陛下,请下旨,让卑职去把那些刁民全部拿下,重重定罪,绝不允许再让这样的妖言出现!"哦,原来是皇家卫队统领上前谏言。

群臣又像是听到指令似的一齐附和:"请陛下下旨,捉拿刁民,重重定罪!"

皇帝又一挥权杖:"罢了,尔等饭桶,立刻去办,退下!"然后转身回皇宫去了。群臣又是一阵"陛下英明",但仍是趴着不敢动。过了很久,他们发现他们哪里还动得了,长时间一动不动,又紧张万分,整个身体此时早已僵直。

且说皇帝回皇宫之后,心里老在嘀咕,总觉得哪里有问题。身边的贴身侍从似乎看出了皇帝的心思,弓着身子,把脖子长长地伸出去,脑袋贴近皇帝的臀部,但保持着那么几毫米的距离,奶声奶气地说:"陛下,您是世界上最聪明的人,您怎么会因为几个刁民之言而大动肝火呢?臣子们都说了,您这套衣服是世界上最完美、最华丽、最漂亮的,是独一无二的。可见那几个刁民是这个世界上最愚蠢、最无可救药的蠢货了。"皇帝听贴身近侍这么一说,心里一下子畅快多了,抬头挺胸,双手叉腰,光着屁股——穿着他那套全世界最完美、最华丽、最漂亮的,独一无二的新装去了!贴身侍从仍弓着身子,踮着脚尖踏着轻盈的小步跟了上去。

此后的几天,皇帝都穿着他这套全世界最完美、最华丽、最漂亮的,独一无二的新装处理国事、接见外宾。

群臣们意外地发现,皇帝和以前不一样了,不再不关心军队,不喜欢去看戏,不喜欢乘着马车去游公园了。他变得开始关心起这些来,经常要去视察军队,经常要去游公园,而且还深入到士兵和百姓中间,和他们握手,并摆着各种"Pose"和他们合影留念。所到之处,定是人山人海,锣鼓喧天,彩旗招展,欢呼声此起彼伏,鼓掌声经久不息,好不热闹!

但又过了几天,大臣们又发现,皇帝又开始不关心他的军队了,也不喜

欢去看戏，也不喜欢乘着马车去游公园了，他每一天每一点钟都要换一套衣服。人们提到他，总是说："皇上在更衣室里。"而且他一天比一天火气大，每天上殿群臣都要挨顿臭骂。臣子们唯唯诺诺，不敢近前询问。

第三天，皇宫大殿上，群臣个个提心吊胆，可是皇帝一句话都没有说。只见贴身侍从伸长脖子，弓着九十度的腰，侧身贴近皇帝，但保持着那么几毫米的距离，小声向皇帝低语几句。然后后退几步，弓着九十度的身子又从侧边走上前。这时，他的身体像装了弹簧似的一下子伸直起来，仰起脖子，伸出兰花指，目露凶光，侧着脸瞄着下面的群臣，但声音却奶声奶气的："你们这些奴才，个个都该死！都是酒囊饭袋，没有一个能为陛下分忧！知道陛下为什么不高兴吗？陛下好久好久都没有新衣服穿了，你们知道吗？一群奴才！"

"臣等该死！"全体臣子像是听到什么指令似的，齐声说道。他们跪在那里，身体紧紧贴着地面。

贴身侍从又伸出兰花指指着群臣，仍用他奶声奶气的声音说道："既然你们这帮奴才都知道了，那就为陛下出谋划策；说不出个所以然，小心废了你们的爵位，把你们统统流放！"

大殿上是一片死一样的沉寂，群臣谁都不敢第一个说话，也不知道该说什么，浑身早已啪啪啪地颤抖起来。

"你说！"皇帝一指去看织布的第二位诚实的老大臣。

这位老大臣一时间都懵了，但脑筋一转——有了！

老大臣爬出队列，拱手一揖："陛下，老臣给您推荐一个人，此人见多识广，深谋远虑，必有好的建议。"

"讲！"皇帝有点不耐烦。

"陛下，老臣给您推荐的就是卑职身旁这位最诚实、最有理智、最称职的公爵。"

这位公爵一听老大臣的推荐暗暗叫苦，可是又不敢推辞，只得站出来："陛下，老臣确有一个建议，近一年以来，到我们国家前来访问的外国使臣很多，有的还是国王亲自来访，他们都是来观瞻陛下的全世界最华丽、最漂亮，独一无二的新装的。老臣也注意到，这些外国使臣和国王的服装也非常之艳丽多彩，款式各异。老臣以为，陛下可以适当予以借鉴。您说这样可好？"这位公爵说完，伸手指向把他推荐给皇帝的老大臣。

去看织布的第二位诚实的老大臣正在那里得意，忽听公爵这样一说，也没了主意，便道："陛下，公爵说的正是，陛下您若用全世界最好的裁缝量身制作出各国皇袍，每天或者每个时辰换一套，既新鲜又有做各国皇帝的感觉，此法甚好！此法甚好！公爵高见！"

"公爵高见！"全体臣子像是听到什么指令似的，齐声说道。但仍是跪在那里，身体紧紧贴着地面。

"陛下，此法若是可行，老臣还有话说。"那位公爵接着说。

大厅里的气氛似乎不像刚才那么吓人了，大臣们似乎都缓了口气。皇帝见有可行之法，一下子高兴起来了，但也有些迫不及待："你快讲！"

"老臣以为，既然要制作各国皇室龙袍，就必须派使臣到各国去实际度量，绘制款式色彩，以防制作出现什么差错。另外，我们派出去的使臣还要表现出我们的诚意，让各国皇帝乐意把皇袍款式给我们。"那位公爵说道。

"这个很好办，让所有公爵、侯爵、伯爵、子爵、骑士现在马上到皇宫集合，做好充分准备，出发到各国度量，绘制皇袍款式。至于诚意嘛，每个愿意接受度量测绘的国家无偿赠送城池一座，每座城池在五十英里以上。你就负责办理此事。"皇帝一指刚才出谋划策的公爵，权杖一挥，回皇宫而去。

那位公爵本还想推荐去看织布的第二位诚实的老大臣负责此事，无奈皇帝已去，只得暗暗摇头。

又经过两个多小时的安排部署，几十位手握重权的大臣、公爵、侯爵、伯爵等都被安排到各国作为使臣度量绘制皇袍去了。皇家卫队统领为各位使臣准备了几十匹日行千里的马匹，快马加鞭而去。

各国国王都很高兴能用五十英里城池换皇袍的绘图，各路使臣不负众望，不辱使命，很快就将各自绘制的非常精准的皇袍绘图拿回自己国家，呈交给皇帝。

皇帝高兴极了，给每位使臣嘉奖黄金一千两，白银一千两，还有一枚可以挂在胸前的大勋章。连夜从全国各地招募而来的顶尖级裁缝高手，也开始赶制新的新装。

皇帝为了提高制作进度，制定了这样一个规定：每天都需要完成一定的进度，谁最后完成，就会受到最残忍的惩罚。

于是，各位顶尖级裁缝高手都很卖力，半点都不敢怠慢。他们整夜点起十六支以上的蜡烛，抓住每分每秒，人们可以看到他们都是在赶夜工，要把皇帝的新装早日完成。

虽然各位裁缝高手都很卖力，但是每天总有最后一个完成的，皇帝便下令斩去他们的手脚，放之荒野。其他的裁缝高手更是胆战心惊，不敢有一丝怠慢。

经过艰辛的日夜赶工，皇帝的新装终于一件件完成了。

于是皇帝每个时辰换上一套不同国家的皇袍，喜滋滋地感受着做各国皇帝的新鲜感。

但是，这些新装在很短时间内很快被皇帝穿遍了，皇帝又不高兴了。

这天早上，皇帝又勃然大怒，挥舞着权杖又要群臣提出新的新装方案。

这次还是那位公爵被推举出来为陛下出谋划策。当然，公爵仍不负众望："陛下，既然各国皇袍没有新鲜感，可以把各国皇袍最显著的部分组合制作出来，缝制成新的新装，这样既有各国皇袍的元素，又能形成一件举世无双的新装。"

皇帝对这个建议显然很满意，于是又命全国顶尖的裁缝一起开工制作新的皇袍。

经过艰辛的日夜赶工，皇帝的新装终于又完成了。

群臣又向皇帝建议，穿着这独一无二的新装去参加游行大典，必定会空前盛大，轰动世界。

"这新装是华丽的！精致的！无双的！"每位臣子都随声附和着。

皇帝赐给每位裁缝黄金一万两，白银一万两，各种珍稀宝石一百箱，同时册封他们"终身公爵"的头衔，封他们的子女为爵士，并各自授予一枚更大的可以挂在扣眼上的勋章。

第二天早上，游行大典按时举行了。

皇帝最新的新装与大家见面了：

小谈古今事

  凤鸡羽翎头饰，纯金圆形耳环，彩绘脸庞，黄铜项圈，心形领带，超长燕尾服，五分哈伦裤，长筒鳄鱼皮鞋——没鞋底，鞋底为马桑木①木屐。

  所有臣子尾随而行，当皇帝出现在公众视野的时候，全城沸腾了。大家都在欢呼，都在鼓掌，都在喝彩，简直是彩旗招展，锣鼓喧天，人山人海，呐喊声此起彼伏。

  皇帝心里美滋滋的，昂首挺胸，迈着方步，享受着这再一次的盛大游行。

①马桑木：灌木，农民眼中最劣质的一种柴木，一般用做烧柴。

193

曹操与诸葛亮

2016-12-1

　　世间早有对比二人之评论：曹操诸葛亮，脾气不一样！

　　他俩何止脾气不一样，命运也是天差地别。

　　当然，他们的脾气不一样，也是情理之中的事儿。能一样吗？曹操是一员武将，文才也不一般；而诸葛亮是位典型的文臣。武将挥舞着长剑，一指天涯："山不厌高，海不厌深。周公吐哺，天下归心。"那叫霸气！武将所必须持有的精气神儿！而若诸葛先生也摆出这样一个造型，恐怕文武百官只会指着他感叹："这家伙疯了！"作为一位文人，他需要表现出内敛、沉稳、深不可测。看诸葛先生的文章："静以修身，俭以养德。非淡泊无以明志，非宁静无以致远。"要他俩脾气一样，这不是强人所难吗？

　　更为的悲催是，我们对诸葛先生的评价是：神机妙算，运筹帷幄，忠心耿耿，鞠躬尽瘁，死而后已。——全是好话。而对曹操评价：阴险狡诈，心狭嫉才，虚伪奸猾，诡计多端。——看！全是贬义词。即使站在历史的角度对他评价，也是个"奸雄"二字！还是不忘记给个"奸"字。同在战乱年代，同在一个时期，诸葛先生那叫"神机妙算"，曹公那叫"诡计多端"。

建安十九年，曹操诛杀伏完的同一年，献帝曾对曹操说："您如果认为我值得辅佐就请辅佐，不能的话也随你。"这话刘备对诸葛先生也说过，但对诸葛先生就是赤胆忠心，而献帝对曹操说出来，就是欺君罔上。

我们都认为，曹操"挟天子而令诸侯"是大逆不道之举，但曹公始终在做汉朝刘家的臣子。曹公在，使得刘氏天子身边对其宝座虎视眈眈的诸多军阀不敢妄动，而且他常年为刘姓皇家征战沙场，过着刀口上舔血的日子，一辈子也没有让自己的屁股沾到刘姓皇家的宝座。

而我们尊敬崇拜的诸葛先生则是大不一样。他和宽厚仁慈的"刘皇叔"看到"汉室倾颓，主上蒙尘"，便决定自立为王。自立为王！人家当时汉皇帝还在宝座上呢，敢说这不是"篡权夺位"？敢说这不是"大逆不道"？再说，刘备只是姓刘，便说自己是"帝室之胄"。最背信弃义的就是他定要杀了曾救过他小命儿的吕布。而智慧过人的诸葛先生却死心塌地地跟着这样一位主儿，确实有点让人大跌眼镜。

再说说他俩业绩：当时曹操在北方消灭了全国最大的军阀集团袁绍，跻身全国最强的势力集团，几十万军队，又收编了袁绍的几十万军队，以此实力计算已超过全国各派军阀的军队总和。因此他一统天下，结束战乱，让老百姓安安稳稳地过上平静的日子也指日可待了，而这个时候偏偏诸葛先生提出了"三足鼎立"的策略，使得老百姓征战无数，死伤无数。据史料记载，东汉桓帝年间，中国的人口曾经达到五千多万，但到了三国时就锐减到七百多万，除正常生老病死和天灾之外，恐怕大多数都死在战场上了吧。

实际上，诸葛先生与曹公孰功孰过，恐怕也得重新看待了。

但为什么我们对曹公的评价呈一边倒的趋势呢？

首先，怕是老百姓根深蒂固的正统意识在作怪，认为他姓人氏如果统一了天下，便是无法接受的，便是"大逆不道"的。刘备不是当了皇帝，就受到了追捧和称赞吗？忽然想到，古代朝代更替之时，那些前朝的遗民是怎么背弃他们的先主，又死心塌地地接受新姓家族的统治的，他们为什么不"以勇死国"呢？

其次，只因为曹操他老爹过继给了一个姓曹的宦官，后来就冒姓曹了，天下人就说：曹操是宦官之后！曹操本姓可是夏侯啊，他老爹只是过继给了

一个姓曹的宦官而已。

之所以这么贬斥曹操,我猜想,会不会是那个时候的军阀都无法达到曹操的宏大势力,便群起嫉妒,也说不定。但就因为曹公这样的身份,无论他有怎样的雄才大略,有怎样的伟大政治抱负,怎样为汉室江山出生入死,就是少有人承认他、肯定他,更别说赞许他,而与之相反的却是众口一词的贬斥。也正因为如此,天下人也都双目炯炯地死盯着这势力宏大的"宦官之后",用高倍显微镜极为认真地查找着他的缺陷和不足,一旦抓住,便死命不放。因而曹公在那个特殊的年代使用的一些处世之策便被冠以"阴谋诡计"了。

这不是曹公的悲哀,而恰恰是天下人的悲哀,这样的悲哀值得我们去深思。

小谈古今事

粒粒皆辛苦

2016-4-21

办公桌上的半个馒头是我前两天没吃完剩下的,已经变得很硬了。今天女儿缠着我要去学校,看到我桌上的半个馒头,用手捏了捏,很硬。她看看我,我随口说道:"帮爸爸扔进垃圾桶。"

女儿眯着眼,似笑非笑,颇有意味地看着我。

我知道女儿想说什么。因为每每在女儿吃饭想剩饭或者将饭粒掉在桌子上时,我就会说:"谁知盘中餐——"

女儿就会接道:"粒粒皆辛苦。"

然后努力把饭吃完吃干净,有时也会把桌子上的饭粒捡起来吃掉。对于后者,我倒是不提倡,但吃干净碗里的饭倒还是有些效果的。

《悯农》这首诗是女儿学得最早的几首古诗之一,其他几首诗的含义是什么,女儿肯定是云里雾里,唯有这《悯农》中"谁知盘中餐,粒粒皆辛苦"的诗句女儿略懂一点儿,也便成了饭桌上常与她提到的诗句。

妻子有时候是比较反对我这样做的,她说:"孩子嘛,不要太刻意去要求。"其实我也只是想让孩子形成一种节俭的意识。

从小见惯了父母面朝黄土背朝天的身影,再加之父母本身节俭的习惯的耳濡目染,节俭或许从小就在我心里根深蒂固了。

曾有一次,那是二〇一二年春天,我在汉中,约了我们几年没有见面的孙同学。孙同学是我在汉中师范学校上学时的同班同学,和我关系很好,那时我习惯叫他"俞头",感觉调侃中也带着几分亲密,他也乐意我这么叫他。可是我们从学校毕业后联系就断断续续的了。后来还是他结婚的时候在他家聚过。

这次见面,他执意要请我吃饭。

我们在一家餐馆坐下,一起点了菜,一会儿菜上来,我们吃着聊着。

米饭上来了,他端起碗:"我吃不了这么多,给你分一些。"

我拒绝,想让他多吃点,也感觉众目睽睽之下,俩小伙子在那儿分饭,让人觉得多么小气啊。

他却不容分说,将饭分到我碗里,还说:"我刚吃过不久,吃不了,浪费了。还记得你给我说过吗:'这每一粒米,都是父母辛苦地种出来的。'"

我一震,好像我确实给他说过。上学期间,我们一起在宿舍吃饭,他将碗里剩下的好多饭都倒掉了。他给我讲过他家的处境,父亲不幸离世,母亲靠务农辛苦维持一家生计并攒钱供他上学,甚是辛苦。见他倒饭,我便那样说了。

时隔这么多年,他竟然还能记在心里。

他接着说:"我从那以后,真的尽量不浪费饭菜。"

我有些惊讶,也感觉很欣慰。

我没有再推辞,将"俞头"分给我的满满一碗饭吃得干干净净。

二〇〇九年秋,我们学校来了一位支教志愿者罗老师,恰好和我分到一个班,于是我们很快也就成了朋友。

一次,我约他到我们家吃饭。吃饭的过程中,我分明见他将掉到自己腿上的一粒米饭用手拈起来放进了嘴里,我颇为惊讶。要知道,罗老师是来自大城市湖北荆州的一位刚刚毕业的大学生。过后,我给妻子说起这件事,妻子竟不大相信,反问我:"不会吧?"我告诉妻子,这是多么难得的事!我感觉自己很节俭,可是罗老师让我自愧不如。

后来,这两件事成了我给我的学生常讲的故事,但他们除了惊讶,不知道能记下什么。

"粒粒皆辛苦",我们都耳熟能详,但我们在实际生活中若能时时应用该多好!

小谈古今事

教学中老师可以适当装装傻

2009-6

　　教师对于所教的教材，细心研读，精心备课，我们说这是教学所必需的态度；在课堂上，思路清晰，口若悬河，这要求我们教师必须备课充分，面对学生的质疑，我们才能对答如流，所问必答。学生们肯定会感叹老师真是知识渊博。对于前二者，我们必须要做到，但对于学生的质疑我们是所问必答可取呢，还是可以适当搪塞呢？我认为，在这个时候老师适当装装傻是很有必要的。

　　记得刚接新班，我生怕在课堂上因知识面表现得不够宽广而使学生对我失去信心，从而丧失自己在学生心中的威信，因此对于提出的问题我总是对答如流。但久而久之我却惊讶地发现，学生对于同一问题的质疑三番五次。我大为恼火。比如对于一个生字的读音，上节课才说了并写在黑板上，下节课又不认识了。乍一看，上节课写的由于黑板未擦净还留有痕迹。我说："你们看，这不是我写在这儿的吗？"学生齐声答："哦。"我哭笑不得，如此几次，我反倒平静了。

　　一次，一学生举手发问："说刘备是一代什么雄？"本为枭（xiāo）雄，我一拍脑门："哎呀，我不认识！有谁认识？"下面黄同学大声吆喝道："鸟（niǎo）雄。"全班哗然。我笑笑："刘备堂堂一帝室之胄，说什么也不可能

是位'鸟雄'吧,我真不认识,哪位同学有字典查一查。同时我还要说,老师的知识也是有限的,因为老师也是人,是一位和大家一样的普通人,不可能什么都知道,今后我希望我们一起共同学习,共同进步,共同奋斗,如何?"说完我一扫全班同学,有部分同学比较失望,有部分同学面现惊讶,也有同学小声说:"老师也有不会的时候?!"

我并不理会大家的反应,反而再次强调:"我真不认识,哪位同学查一查,哪位同学给我一本字典我也查一查。"下边有几位同学动起手来,我也借来一本字典"认真"地查起来。这时我发现几乎每一位同学都有字典,只是很新。好家伙,字典被收藏起来舍不得用呀!

后来我在越来越多的时候出现了这样那样的"失误":不是记不清某句古诗,就是记不清哪部著作的作者,也有更多的时候"又不认识字了"。但我也发现,我"记不清""不认识",同学们反而记清楚了,会读会写也知道其含义了。

后来我与刘老师谈及此事,他也大有感慨:"那些娃儿,懒得不行了,你把什么都说给他们,他们一点儿也不知道记,动手能力与主动性实在太差了!"我惊喜,幸亏我"傻"了一把,要不大家可能到了初三面临中考都还没有主动性去探究解疑呢。

有位心理学家说过,人天生有种依赖性。鲁迅先生也说:"生活太安逸了,工作容易被生活所累。"的确,作为十三到十五岁的孩子们,加之课业负担一重,谁不想偷偷懒,因为他们已有一种定式——反正老师要讲!试想假设有一天老师不讲了,岂不玩完?我想:到那样地步,别说有不会剥鸡蛋的中学生,不会装枕头的中学生恐怕也不足为奇吧。

因此老师在适当的时候装装傻,或许也是一件好事!

小谈古今事

灰太狼怎么了?

2011-10-13

　　每天早晨,宝贝儿醒了总是爬上爬下。因为怕把她冻着,妻子就给她放放音乐或者动画片,哄她窝在暖和的被窝里。她倒还很安静,总是专心地盯着电视看。

　　今天,调到少儿频道,播出的正是《喜羊羊与灰太狼》。宝贝最喜欢喜羊羊了,每次买衣服或其他东西时总是选一个有喜羊羊图案的。

　　宝贝专心地看着,突然电视中的灰太狼一不留神,栽进水沟里。宝贝当即紧锁眉头,一个劲儿地叫:"妈妈,灰太羊滚了!""妈妈,灰太羊滚了!"宝贝刚一岁多点,发音还不太清楚,逗得我们哈哈大笑。但宝贝并没有因我们的笑声而高兴起来,仍然一个劲儿地说:"爸爸,妈妈,灰太羊滚了!""爸爸,妈妈,灰太羊滚了!"说着说着就要哭了。

　　妻子赶紧把宝贝儿抱在怀里,一个劲儿地安慰:"宝贝不怕,不怕,灰太狼是坏蛋蛋,不怕哦。"

　　此话一出口,我忽然觉得有一种不快了。

　　《喜羊羊与灰太狼》多少也为哄宝贝看了一些。当然情节大概都差不多,都是灰太狼想方设法想弄一只羊,可能是它自己想吃,但更多的我看还是想送给红太狼——它的心肝宝贝儿。但每一次灰太狼都是以失败而告终,被一群羊收拾得狼狈不堪,落荒而逃。

201

但最后总不会忘记说:"我还会回来的!"

我们暂且不说它这种百折不挠、知难而进、永不屈服、永不言败的精神,其实我们也不难看出,灰太狼身上所折射出来的每一点都值得我们深思:

它实在、真实。总比我们人类群体中很多标榜自己正直公平、高尚伟大,但却口蜜腹剑、两面三刀、朝秦暮楚、唯命是从、虚伪卑鄙的人要好。

它目标明确。就是想吃一只羊,切实可行。它没有想去弄一头老虎尝尝,也不只满足于吃几口嚼之无味的野草。再说,吃羊也算它的天性了。

它很有责任心。为了妻儿出生入死,毫无怨言,百折不挠。爱家爱妻儿,恐怕在快节奏的今天我们人类也会自惭形秽了吧。

其他不说,灰太狼就是这样一只对己真、对人真、对事真的狼了,而我们却莫名地评价它是坏蛋蛋、坏家伙。估计在说这些话的时候也该审视审视我们自己了。

采菊东篱下

野菊花

我的黄河
——宜川行黄河一聚 2012-2

第一眼见到的
是您蜿蜒的柔姿
那一刻
总想振臂高呼
那来自心灵深处的澎湃与激情

当双手触摸到您怀抱里的冰凌
有人说您凉
只有我知道您特有的永恒的热情
你看
那一点一点融化的
不正是您的沸腾而纯洁的热泪吗？

我愿扑倒在您的怀中
用我最虔诚的双手
抚摸您的每一粒沙土
把他们放在我心脏跳动的地方
我要把他们溶解在我的每一滴血液里

您的肌肤有些微黄
但也正是您的这种特有的黄

采菊东篱下

造就了您膝下千千万万的黄皮肤的我们
养育了我们一代又一代
生生不息

您奔腾
吟唱着壮丽而豪情的诗篇奔腾
奔向您心之所向的远方
您咆哮
您理直气壮地咆哮
宣誓着我们顶天立地的中华魂

啊，我的黄河
我的黄河！

那个长发女孩

——致翠儿　2015-1-10

我常坐在那段台阶上
呆望
面前的红花草从长出新的叶子
到满满的一院子的粉色

玉兰树四季常青着
却也将她的叶子飘向泥土
又默默地长出新嫩的叶片
还开出了洁白如玉的花儿

呆望
呆望中
总有位长发、白裙的女生从花丛旁飘过
穿过玉兰花树形成的林荫

她径直地去了
总用双手在胸前护着一两本书
留下了
一抹发尖舞动玉兰花的芳香

她是到了那方小亭

采菊东篱下

伴着金银花的香
并一起沉浸在书页的幽香中
还是去构思她的轻盈的梦

我常想起
在那红花草和玉兰花的近旁
有一位长发、白裙的女孩飘过
留给我的长发舞动玉兰的芳香

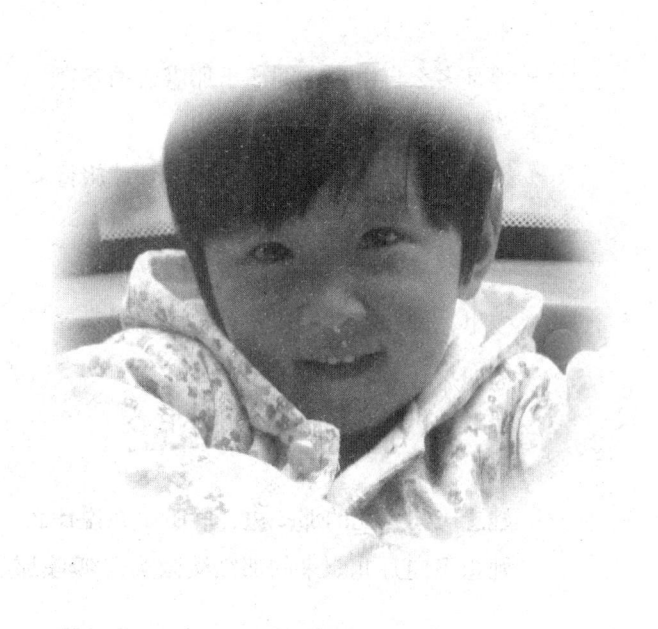

折断了翅膀的安琪儿

——致老高　2003-4

折断了翅膀的安琪儿
它静静地躺在那儿
躺在那焦黄的枯草上
分外悲伤地想

曾经
她是多么自由自在翱翔于那湛蓝的苍穹
曾经
她是多么无忧无虑做着时空的环球旅行

白天，她在蓝天下倾听风儿的微语
夜里，她在苍穹中独享月儿的温柔
然而现在，她折断了翅膀
但，她仍然想飞起来，她不甘心

她想飞向风儿的那一边，聆听她在说什么
她想飞向月儿飘来的那缕缕微柔，嗅嗅那是什么味道

她努力扑腾着已折断的翅膀
却无济于事

采菊东篱下

她将枯黄的乱草弄得到处飞扬
又非常零散地飘落在自己身体上
同时扬起的迷迷茫茫的脏臭的尘土
钻进她耳朵里、眼睛里、鼻孔里、嘴巴里

她挣扎着
她痛苦地挣扎着
她的确想重新飞起来
但终于无济于事

她渐渐地扑腾到悬崖边
她，缓缓地掉了下去
她缓缓坠落
掉进那个无底深渊……

但她原以为自己重新飞了起来
带着她的梦幻，带着她的希望
带着她对未来最美好的憧憬……
但，这一切只是她的幻想罢了

她一直往下掉，掉进了那个无底深渊
终将会被摔得粉碎
一并带着她的
梦想、希望和对未来的憧憬……

春夏秋冬

2010-4-25

莫忘雁山①花儿之芬芳
松柏
小路
今花开正艳

莫忘玉带流水之潺潺
沙坝
白鸥
今平湖一介

莫忘楼前玉兰之清凉
青草
红花
今丹桂飘香

春夏秋冬
瞬息间从指尖滑过
而那美丽的怀恋
却还在眼前

---

①雁山：即铁锁关的雁台山。

采菊东篱下

未完成的使命

——致郭同学 2011-6-12

我是一缕清风
上帝赋予我一个神圣的使命
把那颗蒲公英的种子带到山巅
让她在那肥沃的山巅入土、萌芽、成长
让她在那里绽放出最清新的芳香

当我见到这粒种子的时候
她还在蒲公英妈妈的怀抱里撒娇，和她捉迷藏
于是我只有等待，耐心地等待
终于她玩够了，玩累了
才终于勉强与我上路

但她眷恋着她的母亲
我想更多的应该是依恋
她是不愿意离开被妈妈疼爱惯了的日子
她哪里愿意跟着我随风飘荡
又哪里愿意去那遥远的山巅

但我不能辱没上帝的使命
一次又一次对她予以劝慰
并毫无保留地对她予以呵护、关怀

野苗花

无微不至，甚是尽心
因为这是我神圣的使命

在去往山巅的路上
她调皮地飘到这儿，又飘到那儿
对于我更多的也只是嘻嘻哈哈
我知道
她只是一粒种子

但我越来越多地发现
山巅并不是她的向往
她更喜欢和沿途的小草联谊
更喜欢和山腰的藤萝嬉戏
更喜欢仰望云彩的轻柔，月儿的圆缺

我倍感惶恐
纵使我对她万般劝说
但终始没有收效
她越来越任性，越来越执拗
以至于最后她终于飘散开去，离开了我的视野

当我满心忏悔地向上帝诉说时
上帝沉默了
许久，他只是淡淡地说了一句
随她去吧，这不是你的错
呜呼，我泪流满面……

眺 望

——感怀某老师，寄语某同学 2016-11-7

我在这高冈上
日夜眺望着
眺望着这片土地
眺望着我的亲人

我对这片土地爱得深沉
我对我的亲人也爱得深沉

这片土地上
有我逝去的青春
有我洒下的汗水
还有我隽永的热泪

我曾将我全部的青春
伴着我的热血满腔
在这片土地上
孜孜不倦地勤恳耕耘

我没有半点怨言
也不曾有半点后悔
我愿用全部的热血
去浇灌那一朵朵花儿竞相开放
包括我那亲爱的孙郎

黑熊的遭遇

2012-9-20

一群活泼的黑熊
自由自在地游走在草原上
每天呼吸着清新的空气
迎接着明媚的朝阳

白云从头上飘过
风儿从耳畔掠过
彩虹是它们沐浴后的摇篮
柔柔的月光伴着它们入眠

忽然有一天
这一切都改变了
一群说要带它们去另一个天堂的人们
把它们集结进了一个铁笼子里

不过它们的确享受到了 VIP 待遇
每天有专人为它们沐浴
有专人喂它们三餐饮食
有专人来视察它们的生活

但有一天一群身穿白大褂的人来了

采菊东篱下

他们依次巡视了黑熊一圈
一并询问了负责沐浴的人、负责准备三餐的人、负责嘘寒问暖的人
都满意地点了头

突然他们拿出来一片亮晶晶的刀片
对准黑熊的腹部毫不迟疑地划了下去
黑熊滚烫的鲜血顿时包裹住冰冷的刀片
钻心的刺痛蔓延到身体的每一处神经末梢

他们的手并没有停下
他们的刀片一直划至黑熊的胆囊
并用尽全力划破它们
同时插入了一根空心的管子

黑熊们的胆汁
就这样一滴一滴地从管子中被抽出体外
而抽出来的胆汁
被那群人视为比自己血液还宝贵的东西一般小心地收集起来

就这样一天一天
黑熊们的胆汁通过那根管子
源源不断地、源源不断地流出体外
被那群人视为比自己血液还宝贵的东西一般小心地收集起来

一天一个名叫"董事长"的人来了
他开心地看过每一只黑熊
笑眯眯地说：很好嘛，它们舒服极了
呜呼，他们真的很舒服？！

215

生活中的幸福

（一）速写　2011-10

记得当年对美术颇感兴趣，便寻美术老师陈老师予以辅导。

一天，陈老师让我们练习速写，他做我们的模特，我们很快画好交于陈老师过目。

陈老师大发郁闷——"我有这么丑吗？整个一个独眼龙？"

我忙解释："陈老师，刚才我画你左眼的时候你睡着了，等画你右眼的时候你醒了！"

(二) 塞翁失马 2009-6-12

指导同学们学习《塞翁失马》一文后,我让大家根据所学举个例子,一位同学站起来很流利地说:"昨天学校举行文艺晚会,要我们班赞助几盆花,同学们实在心疼但又没有办法,只好忍痛将花搬去。待晚会结束后,我们不知怎的多了一盆一模一样的。这就是塞翁失马,与'一胡马归'。"

（三）毒胶囊事件 2012-4

朱大姐感冒已经几天了，一直处于抵抗状态，今天实在坚持不住了，便拿出买了几天而没有敢喝的感冒胶囊，说："我实在坚持不了了，我喝呀！"为了确保万无失一，又在官方网站查询了被曝光的毒胶囊，一一对照了自己手中的胶囊。很幸运！她买的胶囊没有在被曝光的行列中。"我的这个是软胶囊，没有在毒胶囊的行列！"她兴奋地说。但一位同志发话了："你买的软胶囊是上好的皮革制作的，可能是真皮的，而硬胶囊是假皮、劣质皮、人造皮制作的！"她一听，不敢喝了。又有同志补充道："朱大姐你还不如把你的红蜻蜓皮靴割一点喝了，说不定就好了！最起码是你自己的皮靴，还是好皮革！！"

(四) 哄爸爸睡觉 2015-12-12

今天是周六,晚上五岁的宝贝女儿一直不肯睡觉,哄了好久也没睡着。

我就说:"那你哄爸爸睡怎么样?"

"好吧!"宝贝爽快地答应了。她便学着爸爸妈妈哄她睡觉的样子,轻轻拍着我,然后还唱着:"睡吧,睡吧,我亲爱的爸爸。天上的太阳也睡了,天上的月亮也睡了,天上的星星也睡了,天上的小鸟也睡了,天上的白云也睡了,天上的风儿也睡了。我亲爱的爸爸也该睡了……"

我就眯着眼睛"睡着了"。

估计是宝贝见我没了反应,便用力推着我:"爸爸,爸爸,该你哄我了,你也给我唱摇篮曲。"

（五）不要告诉他 2015-12-13

今日，在门口见俩孩子玩，挺可爱的，就笑着问其中一个孩子："小朋友，你叫什么名字？"

另一个孩子看看我，估计是不大信任我，就对他的伙伴说："强强，不要告诉他！"

（六）起床 2016-07

周末，五岁的女儿赖在被窝里不想起床，妻子哄了几次实在有些不耐烦了，便下最后通牒："我数到三，再不起床，就不管你了！"

"一。"

女儿又往被窝中间缩。

妻子见状，叹口气，准备去做其他事了，却听宝贝女儿在被窝里叫："妈妈，你不是说数到三吗？怎么只数了一，后边的二和三呢？我还在等你数呢，你是不是不会数啊？"

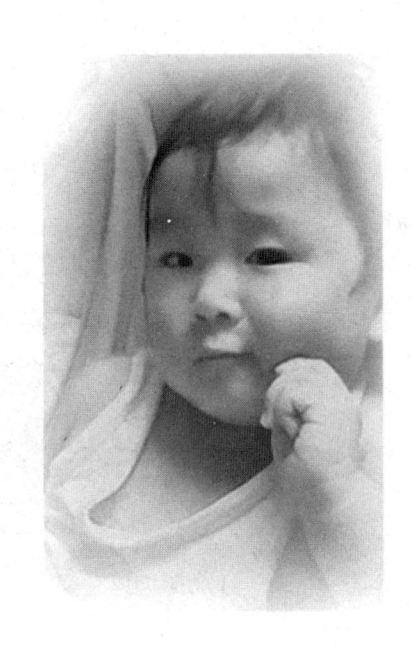

（七）给爸爸唱歌 2014-08

女儿会唱好几首儿歌，其中有专给爸爸唱的："我的好爸爸，下班回到家，劳动了一天多么辛苦啊……"后来女儿把歌词中的"爸爸"改唱成"妈妈"，便成了专为妈妈唱的歌了。后来女儿又学会了另外一首儿歌《我有一只小毛驴》。

一天回家，我把女儿抱在怀里，便吩咐女儿："给爸爸唱首歌。"

"我有一只小毛驴，我从来也不骑……"女儿顺口就唱起来。

"嗯？给爸爸唱歌啊。"见女儿唱错，便强调了一下"爸爸"。

"我有一只好爸爸，我从来也不骑……"

她竟然唱"一只好爸爸"，还"从来也不骑"？

我瞬间有些石化了……

（八）讲故事 2015-6-18

不知道为什么，每次宝贝睡觉前让我给她讲故事，我都习惯性地说："从前啊……"这样来开始讲一则故事。讲完，宝贝也就满意地睡着了。

今晚，宝贝又要我给她讲故事，我搂她在怀里，便呱唧呱唧地讲完了。却见宝贝瞪大双眼，疑惑地看着我："爸爸，这个故事不算！"

"为什么？"我也疑惑。

"为什么没有'从前啊'？你每次讲故事都要说'从前啊'，这个故事怎么没有。不算，重讲！"

（九）变魔术 2016-3-28

最近从网上学到一个魔术，把一元的钞票变成一百元的。经过几次练习后，打算在女儿面前展示一下。我做好准备，让女儿看着，然后顺利地把一元变成一百元。我问女儿："爸爸厉害不？"

"爸爸真厉害！爸爸你等我一下。"女儿说完，径直走进里屋去了。

一会儿，女儿拿着一大把一元和五角的纸币出来了——这是她平时积攒的零钱。

"爸爸，把这些都给我变了！"

我差点晕过去！

（十）签到 2016-05-24

　　今天下午女儿放学较早，缠着要去我单位，没办法就带上她。

　　下午我下班时要签到。女儿见我用手指按一下签到机，机器就会说声："谢谢！"觉得很好玩——其实她之前也玩过几次。她便要我抱起她，说也要试试。可是当她使劲把手指按在签到机指纹输入处时，机器却说："请重按手指！"——机器里面当然没有女儿的指纹。

　　女儿怅然若失地示意我蹲下。我蹲下身子，女儿神神秘秘地把小手附到我耳朵旁，悄声说："爸爸，它真没礼貌，每次它给你说谢谢，都不给我说谢谢！"

跋

一年前，我受何峰老师的邀请，到他所在的镇做一次幼儿教师专题培训，这是我第一次正式见到何峰老师。培训结束临别时，他送我一本打印稿，说他打算把他这几年业余写的一些文字出一本书，拟定名为《野菊花》，希望我能为此写个跋。我有些诚惶诚恐，不知道从哪里下手，更是不敢下手，自己何德何能，能为他的书作序。

我与何峰老师是师范时的校友，他是我的师兄，高我两级，他是普师专业，我是小教英语专业。在我的印象中，师兄是很少说话的，但是当一提到"何峰"这个名字的时候，学校的老师们总是赞不绝口，很多同学也是满脸的羡慕和崇拜。后来听同学说，他也是来自我所在的那个县的，在师范学校还是宣传部的部长，字也写得漂亮。我平时也比较喜欢涂涂写写的，也会在一些杂志报纸上发表些小文章，自然是对有才气的师兄多了几分敬意。

那时候,何峰老师那一届毕业还是包分配的,因此他毕业之后就自然回到了自己的家乡,正如何老师的书中所写。而我呢,就没有那么幸运了,工作不包分配。我自己个性独立,一毕业就南下去追寻自己的梦了。

在动笔之前,我用心地读了好几遍这本散文集,即

跋

使是在昨天晚上,我还读了《回家》《老家的柿子树》《竹缘》《小学那段时光》《带着期盼出发》《酸菜香肠》《老T》等几篇文章。在我每次读这几篇文章的时候,都觉得嗓子眼被堵住了,忍不住要流眼泪。其实这几篇文章我已经反复读了好几次了,为什么反复读呢?因为这些文字让我想起了当时我们在农村长大的艰苦岁月,让我再次体验了一回自己的小学和中学时代,同时也勾起了对过往生活点点滴滴的记忆。同为在农村生活、在农村长大的孩子,何峰老师把我们出生在二十世纪八十年代的这一代人的生活用笔记录下来并出版,再次呈现给了我们。即使是在繁华的大都市,看到这本书,我们也会告诉自己:人生要经得起繁华,也要受得起落寞,不忘初心啊!

何峰老师的文字言语朴实、自然,文章中很多人物说的话都是原汁原味儿的,没有经过任何的语言加工和处理,读的时候有身临其境的感觉,仿佛是自己回到了家乡,在与乡亲们拉家常,走街串巷聊天一样。这种语言带给人的感受,就是真实、朴素、自然,完全还原了农村人的生活。

何峰老师文章中写到最多的是父亲,在写自己从小上学到师范毕业参加工作的这段时间,都是父亲陪伴自己,并与自己同甘共苦走过来的,一路上有辛酸、失落,还有奋进、支持。父亲占据了全书的大部分篇目,甚至是父亲离开后一段时间,作者仍然对父亲抱有深深的怀念,可见父亲积极向上的生活态度、诚实善良的精神品质、坚韧不拔的人生品格对作者的人生有着多么重要和深远的影响。

在读《阿长》《四个馒头》和《老T》的时候,我深切地感受到何峰老师的善良,作为一名教师,他利用自己工作之余热心无私地去帮助他人,这就是作者从父亲身上继承的善良。

一个人的心经历了生活的种种,还能如此善良,如此之美,这是即使再美的文字也比不上的。

写作的人,永远不会停下来。衷心地祝愿何峰老师,祝愿他在写作的路上永不停息,进入写作的更高境界,期待他写出更多的作品。

汪 静
二〇一七年二月于深圳